¡Ay, Carmela!

Austral Educación

¡AY, CARMELA!

José Sanchis Sinisterra

Edición a cargo de
Blanca Ripoll Sintes

AUSTRAL EDUCACIÓN

ESPASA

Carme Arenas dirigió esta colección hasta el núm. 26

Avda. Diagonal, 662-664, 08034 Barcelona (España)
www.espasa.com
www.planetadelibros.com

Diseño de la colección: Compañía
Diseño de la cubierta: Austral / Área Editorial Grupo Planeta
Ilustración de la cubierta: Shutterstock
Primera edición: 31-V-2000
Primera edición en Austral: octubre de 2011
Primera edición en esta presentación: abril de 2016
Segunda impresión: julio de 2019
Tercera impresión: agosto de 2020
Cuarta impresión: junio de 2023
Quinta impresión: octubre de 2023

Depósito legal: B. 4.188-2016
ISBN: 978-84-670-4702-8
Composición: Moelmo, SCP
Impresión y encuadernación: QP Print
Printed in Spain - Impreso en España

ÍNDICE

PROPUESTAS DE TRABAJO

NOTA INTRODUCTORIA

El presente volumen de la colección *Austral Educación* ha sido editado para cualquier tipo de lector, pero pensando de manera especial en el que está en edad de formación.

La colección incorpora en sus títulos una edición realizada por un especialista en la obra, para ayudar al estudiante —y también al profesor— a conseguir una lectura profunda, a hacerle reflexionar sobre todo aquello que el texto nos aporta, pero que quizás no resultaría del todo evidente en una primera aproximación. Así, *Austral Educación* integra, además de la obra, un *Estudio preliminar* en el que, de manera didáctica y amena, se reúne todo el conocimiento que hasta hoy se tiene de ésta, gracias a los diversos estudios ya publicados. El lector obtendrá conocimiento sobre el autor y las claves interpretativas de la obra a través de sus aspectos más importantes: el argumento, el tiempo, los personajes, etcétera, si hablamos de un texto de narrativa o de teatro, o bien las particularidades formales y retóricas, en el caso de la poesía.

Asimismo, al final del libro, hallaremos un apartado didáctico con materiales que le ayudarán a profundizar en el texto. El primero consta de *Propuestas de trabajo* que, además de reflexión, le darán la posibilidad de interrelacionar la obra con otras del mismo autor o del mismo período; un apartado que podríamos definir como intensificador de la lectura, ya que de manera sencilla pero efectiva le acercará a aspectos esenciales de la obra.

Resultarán de gran utilidad los *Textos complementarios*, en los que encontraremos fragmentos del mismo autor o escritos que se refieran a este y/o a su obra, los cuales contribuirán sin duda a una mejor contextualización. El apartado *Comentario de texto* será muy útil como propuesta de lectura y de interpretación por parte del editor de la obra. En la parte final, una *Bibliografía* actualizada incluirá los estudios esenciales para la ampliación de conocimiento sobre la obra y, por tanto, no tendrá una voluntad de exhaustividad, sino de orientación. Y como añadido, en aquellos textos que lo precisen dada su complejidad o antigüedad, un *Glosario* facilitará la lectura y la comprensión del texto.

¡Ay, Carmela! es la obra teatral más popular de José Sanchis Sinisterra, un texto pionero en el proceso de reivindicación y recuperación de la memoria histórica sobre los hechos sucedidos durante la guerra civil y el franquismo. La pieza combina el modelo brechtiano de reflexión moral e ideológica a partir de un argumento teatral que, como en Beckett, está adelgazado y diluido, y que roza, en muchas ocasiones, una comicidad propia del teatro del absurdo.

CARME ARENAS

ESTUDIO PRELIMINAR

1. JOSÉ SANCHIS SINISTERRA Y EL TEATRO FRONTERIZO

Nacido en 1940 en la ciudad de Valencia, será precisamente la capital levantina el espacio donde se desarrollará la formación intelectual y teatral de José Sanchis Sinisterra. En 1957 empieza sus estudios de Filosofía y Letras, y es en el entorno de la universidad valenciana donde entrará en contacto con las tablas por primera vez: ese mismo año será nombrado director del Teatro Español Universitario (TEU), una sección del sindicato vertical que la dictadura franquista había creado para controlar ideológicamente el sector de los estudiantes universitarios, habitualmente rebeldes contra lo establecido: el SEU (Sindicato Español Universitario).

Lógicamente, el espíritu crítico de Sanchis Sinisterra pronto se topa contra las inamovibles directrices ideológicas del SEU. En consecuencia, rompe con el TEU y funda el Grupo de Estudios Dramáticos; en 1960, el Aula de Teatro de la Facultad de Filosofía y Letras de Valencia; y en 1963, la Asociación Independiente de Teatros Experimentales. Con estos ejemplos puntuales podemos comprobar cuáles van a ser las tónicas protagonistas de su trayectoria profesional: su actitud política, su espíritu crítico y su voluntad de innovación dramatúrgica.

En los años setenta se traslada a Barcelona, donde será nombrado profesor titular del Instituto del Teatro, el heredero de la institución innovadora y cosmopolita de Adrià Gual. Sanchis Sinisterra participa en el primer Festival Grec de Barcelona y en 1977 funda, junto con Magüi Mira, Víctor Martínez y Fernando Sarrais, el colectivo de autores, directores y actores teatrales conocido como «Teatro Fronterizo».

A principios de la década de los ochenta es nombrado director de la Asociación Cultural Escena Alternativa, en cuya creación había participado. Sigue desarrollando una doble faceta de creador de obras teatrales e investigador universitario, y en 1984 empieza a trabajar como profesor de Teoría e Historia de la Representación Teatral en la Universidad Autónoma de Barcelona. Es en la capital catalana donde funda en 1989 una sala esencial para la vida teatral de la ciudad: la Sala Beckett, un espacio que combina la representación para el público con el taller y la formación de actores y autores. Sanchis Sinisterra ejercerá como profesor en la Sala Beckett durante más de una década.

A finales del pasado siglo XX se traslada de Barcelona a Madrid para refundar allí la importante iniciativa del Teatro Fronterizo. En 2011 nace el Nuevo Teatro Fronterizo, fundado junto con algunos nombres fundamentales del teatro español del siglo XXI como Juan Mayorga.

El concepto de *frontera* será central en su carrera desde los años setenta. Más adelante, explicaría, en su conferencia «Poética y teatro», que «los territorios fronterizos no conocen de centralidad. Lo fronterizo, justamente, no conoce fronteras» (Sanchis Sinisterra, 2009). Es decir, la frontera es la brecha por la que se puede escapar y, a través de ella, destruir todas las centralidades: la centralidad de los discursos oficiales, la centralidad filosófica, la centralidad del espacio y del tiempo. Sanchis Sinisterra aboga por lo híbrido, por lo mestizo, por lo impuro, y todo ello está contenido en la frontera. El elemento fronterizo se asimila, pues, con la heterodoxia (frente a la ortodoxia, frente a lo preconcebido) y con el desarraigo (frente a la identidad sólida, las identidades líquidas). Y retomando, consciente o inconscientemente, el concepto de niebla de Miguel de Unamuno, Sanchis Sinisterra apuesta por construir el conocimiento de la verdad desde lo incierto, desde lo nebuloso, desde el naufragio y las ruinas.

En este sentido, ya en una entrevista de 1980, el dramaturgo establecía que los objetivos del Teatro Fronterizo consistían en investigar «las fronteras de la teatralidad, modificación de los mecanismos perceptivos del espectador y proceso de reducción, de despojamiento de los elementos de la teatralidad» (Monleón, 1980: 95). Así pues, la reflexión se dirige en dos direcciones: el fondo y la forma, el contenido y el continente del espectáculo teatral.

El primer límite convencional que quiso abordar el Teatro Fronterizo fue el establecido entre dos géneros literarios aparentemente alejados: el narrativo y el teatral o dramático. De esa reflexión en torno a las fronteras entre géneros surgieron espectáculos a partir de la *Epopeya de Gilgamesh* y del *Ulises* de James Joyce (la magnífica obra *La noche de Molly Bloom*, estrenada en 1979); así como la convicción de que no es imprescindible una trama argumental, una historia, para que el teatro sea un género efectivo, para que la obra dramática *funcione*.

Lo defendía ya en 1980, en los «Planteamientos» del Teatro Fronterizo:

> El Teatro Fronterizo se plantea este ambicioso programa de revisión y cuestionamiento de la práctica escénica en todos sus niveles de una forma gradual y sistemática, acotando para cada etapa, para cada experiencia, un área de investigación determinada, en la que son focalizados aquellos segmentos de la estructura teatral sujetos a examen: la naturaleza del texto dramático y el modo de escritura teatral, la noción de «personaje» y su relación con las funciones escénicas del actor, el imperialismo de la «fábula» y la estructura de la trama, los conceptos de Unidad y Coherencia estéticas, el pretendido carácter discursivo de la representación, las fronteras entre narración oral e interpretación, la plasticidad del juego espectacular, la teatralidad diferente del juego, del ritual, de las fiestas, de la juglaría... Toda una serie de cuestiones aparentemente «formales» pero que comprometen el lugar, el sentido y la función del hecho teatral en la cultura y en la historia (Sanchis Sinisterra, 1980: 96).

A continuación, el Teatro Fronterizo cuestionó las fronteras entre arte y ciencia, que Sanchis Sinisterra concibe como dos métodos epistemológicos, es decir, dos formas de conocer la realidad. En su voluntad de conciliar ambas opciones creó obras como *Naufragios de Álvar Núñez o La herida del otro*, en la que intentó romper las coordenadas de espacio y tiempo newtonianos.

El último límite abordado ha sido de naturaleza antropológica o cultural, de modo que ha profundizado (en *Trilogía americana*, por ejemplo) en las relaciones entre América y España, en la figura del Otro, del mestizaje racial, etcétera.

Este cuestionamiento fronterizo estaría relacionado con la voluntad de innovación y experimentación formal y temática de Sanchis Sinisterra. Por otro lado, debemos apuntar su posicionamiento ético y político, presente siempre en su trayectoria y también vinculado a su carácter fronterizo. Eso nos conduce a otro tema central en su teatro: la reivindicación de la *memoria histórica*. El Teatro Fronterizo, desde su condición marginal, «ex-céntrica», se opone al Poder, a la oficialidad política. Así se plantea en obras como *Terror y miseria en el primer franquismo* o *¡Ay, Carmela!*

Si el dramaturgo alemán Bertolt Brecht es su referente, su modelo esencial en cuanto a la función política del teatro, Samuel Beckett lo sería en cuanto a la condición fronteriza del teatro (de Beckett aprende a desnudar el escenario de sus obras o a *adelgazar*, a diluir el argumento de las piezas teatrales).

2. *¡AY, CARMELA!* ESTRENO DE LA OBRA Y RECEPCIÓN

¡Ay, Carmela!, subtitulada «Elegía de una guerra civil en dos actos y un epílogo», se estrenó la noche del 5 de noviembre de 1987 y se convirtió, de inmediato, en un gran éxito de crítica y de público en toda España. Su

repercusión se vería acrecentada, además, gracias a la versión cinematográfica, dirigida por Carlos Saura y protagonizada por Carmen Maura y Andrés Pajares, de idéntico título y estrenada en 1990 (la adaptación de la obra de teatro a guion cinematográfico fue llevada a cabo por el mismo Saura y Rafael Azcona). Sanchis Sinisterra sería galardonado, ese mismo año de 1990, con el Premio Nacional de Teatro.

La obra que nos ocupa, *¡Ay, Carmela!*, configura, junto a *Ñaque o de piojos y actores* y *El cerco de Leningrado*, la trilogía *El escenario vacío*. El propio título nos indica ese deseo de despojamiento, de desnudez en la escenografía, y el carácter transgresor de estas tres obras. Así, en la obra que nos ocupa, el autor sitúa los sucesivos encuentros entre Carmela y Paulino, los dos protagonistas, en un escenario vacío donde la memoria histórica se convierte en la reivindicación central de la obra. La casi total ausencia de decorado y de escenografía permite que la palabra teatral llene todo el espacio y también que el creador no tenga que seguir una lógica estrictamente racional. Con ello queremos decir que, por ejemplo, no va a ser necesario seguir con las coordenadas temporales newtonianas, lineales, sino que vamos a ver diversas alteraciones del tiempo que incidirán en el sentido de la obra, en cómo el espectador la recibe.

3. SENTIDO E INTENCIÓN DE LA OBRA

Ya en el primer programa de mano de *¡Ay, Carmela!*, Sanchis argumenta que su creación no es una obra sobre la guerra civil, sino sobre el teatro que se desarrolló durante la contienda española. Así, *¡Ay, Carmela!* se convierte en una pieza metateatral, o sea, una obra teatral que trata, como tema central o secundario, el teatro, su naturaleza, sus límites y problemas, su función social o su relación con el público.

Este desplazamiento del objeto de atención de la obra —que va desde la guerra civil al teatro que se representó durante aquellos tres años— es fundamental para comprender la reflexión que Sanchis Sinisterra nos propone acerca de las relaciones entre la historia y el teatro, entre la realidad y la ficción. Antes del inicio del primer acto, una acotación indica: «La acción no ocurrió en Belchite en marzo de 1938». La negación apuesta por romper el vínculo entre la historia factual (real) y las representaciones teatrales, ambientadas o no en un determinado momento histórico. Porque, efectivamente, uno de los núcleos principales de la acción de *¡Ay, Carmela!* transcurre en Belchite en marzo de 1938, pero no ocurrió, no sucedió de verdad. Sanchis replantea la tensión que ya estableció Aristóteles en su *Poética* entre «verdad histórica» y «verdad poética». Según el filósofo griego, si la primera se correspondía con los hechos sucedidos, acaecidos auténticamente, la verdad poética debía representar de manera mimética —*mímesis* significa «imitación de lo real»— la realidad, pero no tenía que ser necesariamente auténtica, sino simplemente verosímil, creíble, coherente. Cervantes, en su magna obra *Don Quijote de la Mancha*, revisa las relaciones entre verdad histórica y verdad poética, y ya en el siglo XIX, escritores y filósofos románticos como Friedrich Schiller defendieron que, en ocasiones, la verdad poética era superior, y contenía más verdad que la histórica.

En línea con el pensamiento romántico, José Sanchis Sinisterra propone una obra no histórica («no ocurrió») pero que quizá contiene más verdad moral que cualquier estudio histórico sobre el mismo objeto (el teatro durante la guerra civil española). Aquí, el adjetivo *moral* (reflexión crítica, en conciencia, de las acciones correctas o incorrectas) cobra todo su sentido si lo relacionamos con el subtítulo de *¡Ay, Carmela!*: «Elegía de una guerra civil». Una elegía es, en la primera acepción del *Diccionario* de la Real Academia Española, una «composición lírica en que se lamenta la muerte de una persona o cualquier otro acontecimiento infortunado» (*DRAE*, 2014). Así, *¡Ay, Carmela!* es un canto, un planto, al infortunio de la guerra civil, pero también a las muertes sucedidas en la España republicana, puesto que el autor se posiciona claramente, en esta obra, al lado de los vencidos. He aquí su visión moral del conflicto español: la defensa de la legitimidad democrática de la Segunda República frente al golpe de Estado de los militares sublevados.

En consecuencia, a finales de los ochenta, esta pieza teatral se erige en un eslabón fundamental en el proceso de reivindicación de la memoria histórica española, oscurecida durante cuarenta años de dictadura franquista. Y en esta defensa, la metateatralidad de la obra nos indica que, en el fondo, el autor valenciano reflexiona en torno a la función social del arte, en este caso, del teatro, que debe ejercer como una plataforma de reflexión, como un espejo de la memoria, para sacar al público del olvido en que quieren hundirlo los discursos del poder. El teatro, para Sanchis, debe sacudir al espectador, debe desarrollar un proceso de *anagnórisis* («reconocimiento») entre el receptor y el conflicto dramático planteado.

Si la verdad poética es superior a la histórica, la ficción y el arte son, en esta ocasión, más auténticos que la realidad racional. De ahí que Sanchis se permita la licencia de romper con la lógica temporal y espacial, con las radicales fronteras entre la vida y la muerte.

4. FÁBULA E HISTORIA EN *¡AY, CARMELA!*

«Fábula» es la denominación que la escuela teórica del formalismo ruso dio a lo que conocemos popularmente como argumento, es decir, la sucesión (temporal o causal) de hechos que configuran la historia de una obra literaria. En *¡Ay, Carmela!*, la fábula y la Historia en mayúsculas (o sea, los hechos factuales, reales, que sucedieron en verdad) crean un entramado de espejos que el lector atento debe saber desentrañar. Más aún, cuando el orden en que nosotros (lectores o espectadores) recibimos la historia está completamente alterado.

La fábula o argumento de la obra de Sanchis Sinisterra consiste en la historia de trágico desenlace de Paulino y Carmela, dos artistas de variedades sin conciencia política que, por una confusión casi mágica y atribuida a la niebla, cruzan las líneas republicanas y entran en Belchite, que acaba de caer en manos de las tropas del ejército sublevado. Allí, Amelio Giovani de Ripamonte, un teniente fascista italiano, les manda representar una Velada Artística, Patriótica y Recreativa para celebrar la *liberación* del pueblo (otro juego cómico de confusión entre los dos protagonistas deviene cuando Carmela habla de «ocupación de Belchite» y Paulino la corrige sustituyendo la palabra por «liberación»).

Los dos actores improvisan y adaptan las piezas de su anterior repertorio (adecuado para el público republicano) ante los militares del ejército autodenominado «nacional». El teniente, a su vez, decide conceder a un grupo de prisioneros republicanos de las Brigadas Internacionales, que van a morir fusilados al día siguiente, la última gracia de acudir al espectáculo. Ante el número final, que debía ser la humillación de la bandera republicana (roja, amarilla y violeta), el grupo de condenados a muerte entona la canción de la que procede el título de la obra teatral, una tonada muy popular entre el ejército de la Segunda República. Carmela, solidaria con la suerte de los prisioneros mientras su cuerpo desnudo está envuelto con la bandera tricolor, se une al canto de los condenados como patético homenaje a la figura de la República. Este acto de rebeldía de Carmela le costará la vida.

Esta velada («que la Historia no registra»), cuya acción no ocurrió, se instala en el territorio de la ficción y, sin embargo, está transida de elementos que sólo podremos comprender si acudimos al estudio de la historia de la guerra civil española.

Después del fallido golpe de Estado el 17 de julio de 1936 por parte de una parte del ejército contra el gobierno de la Segunda República, se inicia la contienda bélica española. Pronto el territorio quedará dividido en dos zonas: el bando republicano, afín al gobierno legítimo, elegido democráticamente meses antes; y el bando sublevado (que se autoproclamó como el «ejército nacional») y que durante el conflicto adoptará como líder militar y político al general Francisco Franco (de ahí que, en ocasiones, también se le denomine como el bando franquista). Los dos territorios, los dos bandos, funcionaban como dos países autónomos, con instituciones políticas separadas, sistemas legislativos propios, etcétera.

Durante 1936, el gobierno de la Segunda República controla la mayor parte del territorio, una situación que se prolongará hasta finales de 1937, momento en que las tropas del bando rebelde consiguen abrir brecha en el frente de Aragón, después de haber conquistado todo el norte del país. La deriva de la guerra civil ya no mostraba alternativa a principios de 1938, en especial gracias a la soterrada intervención de Alemania e Italia a favor del ejército rebelde.

No es casual que el dramaturgo haya escogido el espacio ni la fecha en que transcurre la acción teatral. Belchite fue un enclave estratégico para el Ejército del Este de la Segunda República (uno de los cuerpos en los que estaba dividido el Ejército Popular de la República en el territorio que todavía controlaba, y que se hallaba en el frente de Aragón) para evitar que se cortara la vía de unión de la zona republicana con la salida hacia Francia. Fue conquistado por los republicanos en septiembre de 1937, si bien, en el marco de la ofensiva franquista contra Aragón que perseguía la conquista de la Cataluña republicana, las tropas del ejército rebelde (nacional) entraron en Belchite el 10 de marzo de 1938, defendida hasta las últimas consecuencias por miembros de la XV Brigada Internacional (Aznar Soler, 2001: 187).

Así, la niebla es el umbral de tránsito que provoca que los dos protagonistas crucen las líneas republicanas y entren en el Belchite franquista. La caída de Belchite, asimismo, se convierte en el trágico vaticinio, en un símbolo anticipatorio, del final de la guerra civil española, pues la caída del frente de Aragón supuso el principio de la derrota del ejército republicano (también se menciona, en el diálogo entre los protagonistas, la caída de Teruel, que se había producido un mes antes, el 22 de febrero de 1938).

En cuanto al espacio, además de Belchite aparecen otros topónimos propios de la zona aragonesa: Azaila, Teruel, Daroca, Alcañiz, Caspe o Quinto. Y se realizan menciones a Valencia como meca teatral, con el teatro Ruzafa; y al teatro Tívoli de Barcelona, sede del teatro lírico catalán.

Una vez han cruzado las líneas del frente de guerra, Paulino y Carmela se hallan en pleno teatro de operaciones —el área geográfica donde se desarrolla un conflicto bélico— del ejército franquista para lanzar su ofensiva contra el frente del Ebro. En la España de 1938 el ejército nacional tenía dos frentes fundamentales: el de Madrid y el frente del Ebro-Cataluña. Así, como en unas gigantescas cajas chinas, en el teatro de operaciones real de la guerra civil española, Paulino y Carmela desempeñarán su particular obra teatral fingiendo su adhesión a la ideología franquista con la adaptación de su Velada Artística, Patriótica y Recreativa. En este sentido podemos distinguir tres niveles de teatralidad en la obra de Sanchis Sinisterra.

A la vez, el título de la obra está tomado del estribillo de la canción que, en comunión colectiva, redime moralmente a los condenados a muerte y a Carmela, y que se llamaba *El paso del Ebro*, en alusión a la famosa batalla (la relación entre la canción y la obra de teatro se estudiará en el apartado *Actividades*). Aparece asimismo, y desde la óptica de la parodia, una alusión a la CNT (Confederación Nacional del Trabajo), una de las organizaciones sindicales de ideología anarcosindicalista, presente en España desde principios de siglo XX y que tuvo una presencia fundamental en la lucha armada afín a la Segunda República durante la guerra civil; algunos dirigentes de la CNT llegaron a ocupar cargos ministeriales durante el gobierno de Largo Caballero. En el epílogo final, Carmela conocerá a dos catalanas que pertenecían a la FAI (Federación Anarquista Ibérica, organización revolucionaria que discrepaba de la CNT) y al PSUC (Partit Socialista Unificat de Catalunya, con el que se unificó, en el territorio catalán, a los partidos socialistas y comunistas), respectivamente. El hecho de que, durante la guerra civil, los comunistas del PCE (Partido Comunista Español)-PSUC y los anarquistas de la FAI se enfrentaran con dureza provoca que Paulino le pregunte: «¿Y no se han matado nada más verse?».

La presencia de las Brigadas Internacionales es otro puntal importante de la reivindicación de la memoria histórica en *¡Ay, Carmela!* Estas unidades militares, formadas en octubre de 1936, estaban integradas por soldados voluntarios procedentes de unos cincuenta y cuatro países de todo el mundo. Se ha calculado que llegaron a pasar por la guerra civil española casi sesenta mil brigadistas extranjeros. Se caracterizaron por su elevada conciencia política y su adhesión ideológica a la legitimidad republicana. En cierta manera, supusieron un notable apoyo moral a las tropas republicanas, que hasta ese momento veían cómo las potencias internacionales decidían no intervenir en el conflicto español. De hecho, en septiembre de 1938, la Segunda República decidió retirar a las Brigadas Internacionales para no crear tensiones con el Comité de No Intervención. No obstante, las tropas franquistas sí recibieron la enorme ayuda, más o menos secreta, de las potencias del Eje (la Alemania nazi, la Italia fascista y, en menor medida, el Portugal de Oliveira Salazar) durante la guerra civil, de forma que estos países quebraron el Pacto de No Intervención de forma radical. Esta injusticia en el trato internacional que recibieron ambos ejércitos está representada en la obra de Sanchis Sinisterra, respectivamente, por los voluntarios de las Brigadas Internacionales y por el teniente fascista Ripamonte. Otro aspecto histórico que se infiltra en el diálogo de los personajes es la presencia de unidades de soldados procedentes de Marruecos, una de las legiones más temidas por los soldados y los civiles del territorio republicano:

> CARMELA.—Pues a este público, como no le demos «cuscus»... ¿Te has fijado la cantidad de moros que hay? *(Se va arreglando el pelo.)*
>
> PAULINO.—Pues, claro... ¿Ahora te enteras? Moros, italianos, alemanes... *(Sin ironía.)* El Ejército Nacional (Sanchis Sinisterra, 2016: 90).

Una vez muerta Carmela, Paulino adopta los usos y costumbres propios del bando nacional: la camisa azul (el uniforme propio del partido de Primo de Rivera, la Falange Española) y el saludo fascista (la mano derecha en alto, como herencia del saludo imperial romano). Existe, de hecho, un gracioso equívoco lingüístico protagonizado por Carmela; entre los republicanos se popularizó una contracción del adjetivo *fascista*: *facha*. En la obra, Carmela se queja ante el público por ir «hecha una "facha"», que en este caso tiene la acepción de «ir vestida inadecuadamente», pero Paulino se asusta pues podría parecer que se burlan de los fascistas.

5. EL DISCURSO DRAMÁTICO DE *¡AY, CARMELA!*

El estudio del discurso de la obra de Sanchis nos mostrará cómo el argumento, la trama teatral, se dispone en la obra: cuál es la estructura de la obra dramática, y cuál es la disposición del tiempo y del espacio.

Ante todo, debemos señalar que, siguiendo a su admirado Beckett, la trama es muy sencilla y se reduciría a esa confusión de frentes de guerra y a la Velada Artística que culmina con el trágico final de la muerte de Carmela. Ahora bien, como espectadores o como lectores, ¿de qué forma nos llega dicha historia?

No asistimos a la reproducción de esa noche en tiempo real y de forma lineal (desde el principio hasta el final), sino a la rememoración que los dos personajes protagonistas hacen de esa noche (la memoria actúa ya encima de las tablas del escenario). La construcción de este recuerdo a dos voces se forma a partir de un doble juego que afecta a distintos niveles de la obra:

- al argumento (elementos realistas o verosímiles y elementos fantásticos);
- al tiempo (la velada y el reencuentro de los dos personajes días después, Paulino vivo y Carmela muerta);
- al espacio (por un lado, la geografía real y el paisaje del más allá que refiere Carmela; por otro, el espacio de la escena y el que hay entre bambalinas, aludido indirectamente);
- a los personajes (presentes en la escena y referidos en el diálogo de los protagonistas);
- y al público (el real que asiste a la obra *¡Ay, Carmela!* y el ficticio que asiste a la Velada Artística en Belchite) (Aznar Soler, 2001: 66-67).

El mecanismo que permite que se establezca este juego de espejos que se funden y confunden a lo largo de la obra es, precisamente, el protagonismo que el teatro en sí mismo adquiere en *¡Ay, Carmela!*, y que permite que la realidad y la ficción se den la mano encima de las tablas.

La estructura formal de la obra consiste en dos actos y un epílogo, que se inician de la misma forma, lo que da una falsa sensación de tiempo repetido: el escenario vacío, oscuro, que pronto identificamos como el teatro Goya de Belchite, y Paulino solo en las tablas. Se acompaña de algunos objetos: una gramola vieja, un disco, una bandera republicana medio destrozada. El efecto de una luz blanquecina indicará a los espectadores que Carmela está muerta y llega desde el otro mundo.

El encuentro entre ambos personajes provoca una enorme desazón en Paulino, que intenta adaptar a su perspectiva racional lo que sucede ante sus ojos, hasta que, finalmente, se adecua a una nueva lógica, quizá deudora de la lógica del absurdo de Samuel Beckett. El segundo acto se inicia de la misma forma.

Por lo tanto, el inicio del discurso dramático responde a la necesidad de Paulino de regresar al escenario del Teatro Goya de Belchite, donde, días antes, se ha producido el fusilamiento de Carmela por parte de los militares franquistas. El regreso al mismo espacio provoca que los mecanismos de la memoria se activen y se reproduzca, en escena, el pasado reciente. Durante el primer acto se producen diversas alteraciones de la línea temporal, que salta del presente de la acción al pasado referido.

A lo largo del primer acto se produce un primer retroceso temporal: del presente (con Paulino vivo y Carmela muerta) se viaja al pasado, activado por un cambio de vestuario de Carmela (del vestido sencillo de calle al traje de bailaora andaluza). Los dos personajes habitan automáticamente el pasado, sin distorsiones temporales entre ambos. A continuación, por efecto del juego de luces-oscuridad, se regresa al presente: Paulino se halla hecho un ovillo en el escenario y Carmela, ya un espectro y vestida con el traje de calle, inicia un emocionante monólogo que sirve para recordar la prehistoria de su personaje: su condición de clase baja, el maltrato de los propietarios rurales, el miedo a la guardia civil o su vida sentimental con Paulino.

Por el contrario, la temporalidad del segundo acto es más simple, pues se produce una única alteración que nos lleva del tiempo marco a la representación de la velada. Sin embargo, se inicia con una distorsión metateatral del tiempo que viven cada uno de los dos protagonistas: Paulino todavía está en el presente de la acción dramática, mientras Carmela, con su vestido andaluz, habita ya el tiempo pasado. El diálogo se mete de lleno en el absurdo hasta que, progresivamente, Paulino abandona la lógica racional (que lo somete a la linealidad temporal) y entra en el tiempo de Carmela. A continuación se reproduce en «tiempo real» la velada que ambos habían representado en Belchite unos días antes. Como ya hemos explicado, el segundo acto termina con el fusilamiento de Carmela.

El epílogo supone un regreso al presente de Paulino, vestido con la camisa azul —el uniforme de los falangistas, como ya hemos explicado—, e implica un cambio en el atrezo (todos los objetos del decorado de una obra teatral), pues dispone una bandera franquista, en sustitución de la republicana; un crucifijo, símbolo del nacionalcatolicismo propio de la dictadura franquista, en lugar de la gramola y los discos (que simbolizaban su condición de artista y la alegría de vivir); y una escoba bajo el brazo, un signo de su actitud servil y acomodaticia frente a las nuevas circunstancias políticas.

Las alteraciones del tiempo dramático no son, por lo tanto, un simple capricho formal. Tienen que ver con la intención primera de la obra: la recuperación de la memoria histórica a través del diálogo y de la reproducción de los hechos sucedidos; y, sobre todo, la reivindicación moral de la dignidad de los vencidos, encarnada en la figura de Carmela (frente a la actitud vergonzante y cobarde de Paulino).

Por último, cabe atender a las características formales propias de una obra teatral. En el caso de Sanchis, las acotaciones (extensas al principio de cada acto) carecen de valor literario por sí mismas —a diferencia de las de Valle Inclán—, sino que ostentan una función informativa acerca de las apariciones y salidas de los personajes, los gestos, el decorado (escaso) de la escena y los efectos de luces y sonidos.

6. LOS PERSONAJES PROTAGONISTAS: CARMELA Y PAULINO

En la poética teatral de Sanchis Sinisterra, que busca un escenario desnudo y simplifica la acción presente en el argumento, es lógico que la figura del personaje y el modo del diálogo teatral adopten una importancia fundamental en la obra. Así pues, vamos a detenernos en cuál es la naturaleza de los dos personajes protagonistas y en cómo se comunican, entre ellos y con el público, encima del escenario.

Necesariamente, debemos partir de un inicio común a ambos personajes y asistiremos a una dispar evolución psicológica durante el transcurso de los acontecimientos de la situación dramática. Al principio del argumento (no de la obra teatral, recordad la diferencia entre la fábula-argumento y la estructura de *¡Ay, Carmela!*), Paulino y Carmela aparecen como dos artistas de variedades. Por *variedades* entendemos un tipo de espectáculo que puede combinar bailes, números musicales, magia o ilusionismo, piezas cómicas, escenas propias del mundo del circo, números con animales, etcétera. Las distintas partes del espectáculo pueden presentarse al público sin ningún tipo de orden específico ni relación alguna entre sí. Psicológicamente, Carmela y Paulino buscan satisfacer las bajas pasiones de los espectadores con un espectáculo complaciente y nada exigente. Ambos comparten con su número teatral el tono de chabacanería y vulgaridad, la falta de compromiso social, político y moral, y el regodeo en el aplauso fácil. Por consiguiente, veremos escenas de una comicidad ramplona, que caen bien en lo escatológico, bien en lo erótico-festivo, y que tienen su eco en la relación emocional entre los dos protagonistas, que también caen en una sentimentalidad y una visión existencial primarias.

La simplicidad psicológica de los dos personajes se une a su condición de supervivientes: son dos pícaros teatrales que viven a salto de mata y se adaptan a las expectativas y exigencias de cada nuevo público para poder comer y, así, seguir con su vida de cómicos, de actores, al día siguiente. Con todo, Sanchis Sinisterra concede hondura dramática a sus criaturas cuando introduce, en medio de escenas vulgares, momentos de gran profundidad trágica. Pese a que se venden ante cualquier público, los dos personajes tienen ráfagas de conciencia ética, de conciencia de clase (frente a las injusticias socioeconómicas) o, simplemente, sienten empatía hacia la humanidad: padecen por los condenados, etcétera.

Van a mostrar, asimismo, una particular conciencia de oficio, de dignidad artística, que contrasta grotescamente con los espectáculos que realizan sobre las tablas. Por un lado, la condición social de Paulino (clase media-baja), su formación escolar (no muy elevada, pero sí por encima de la media española de la época) y su educación artística (musical) le hacen aspirar a más, tanto en la vida como en el espectáculo teatral que presentan. Por otro, Carmela es una representante de la clase baja rural, originaria de Andalucía, y encarna el tipo artístico de la folclórica: una artista que canta y baila en un espectáculo de tipo popular, muy propio del sur de España. En consecuencia, su preocupación artística se reduce a poder lucir bien en el escenario y satisfacer a su público, más allá del rigor teatral.

Entre Paulino y Carmela se traza desde el comienzo una particular jerarquía. La belleza de la *vedette* (artista femenina del teatro de revista y de variedades) va acompañada de una mayor ingenuidad en su relación con el mundo y con la gente. Por el contrario, Paulino parece más experimentado y más consciente de los peligros que corren ambos. Con mucha brevedad, el lector-espectador observará que la locuacidad de Paulino no es indicativa de un talento intelectual mucho mayor, sino de un carácter pretencioso, algo egoísta e idealista, pues vive en una realidad ideal que poco tiene que ver con su entorno (alimenta unas fantasías, según las cuales él gozó de un pasado brillante como artista, frustrado por motivos ajenos a su voluntad).

A la vez, se observa también un contraste entre el carácter artificioso y retórico de Paulino, y la espontaneidad y naturalidad de Carmela. Esta diferencia se observa en los gestos y en la conducta, pero, sobre todo, en el diálogo. El lenguaje que utilizan ambos personajes es la principal fuente de comicidad (en muchas ocasiones, a base de equívocos y confusiones) y el vehículo fundamental de configuración psicológica de los dos protagonistas. La intromisión de otro idioma, el italiano en el caso de Paulino (cuando habla con el teniente en el primer acto), es, al igual que en el teatro del Siglo de Oro español, un motivo de confusión y risa. Paulino elogia ante Ripamonte la grandeza artística de su país: «Miguel Ángel, Dante, Petrarca, Puccini, Rossini, Boccherini, Mussolini», y añade a la lista de grandes creadores el nombre del dictador fascista que, en aquel entonces, estaba apoyando a Franco en la guerra civil española.

El quijotismo de Paulino se confronta con el sanchopancismo de Carmela, cuyo sentido común la convierte en un personaje con una mayor inteligencia emocional que su compañero de escena. Esa sensatez popular, junto a una mayor generosidad (que la hace capaz de sacrificarse por los demás), son los dos rasgos que conducen a Carmela a su trágica muerte, pero también a la consecución de una mayor dignidad vital.

Podríamos señalar cómo en *¡Ay, Carmela!* existen dos tipos de vencidos: aquel que ha sido despojado de su honor, el cobarde Paulino; y Carmela, asesinada, pero con la altura moral restituida por su acto final de solidaridad y comunión con los prisioneros de las Brigadas Internacionales. La pérdida de dignidad de Paulino se asocia a un incremento de la escatología; muerta Carmela, las ventosidades de Paulino no tienen freno.

Paulino y Carmela se erigen a nuestros ojos como dos personajes tragicómicos, que rozan lo grotesco en numerosas ocasiones. Esto enlazarían la obra de Sanchis Sinisterra con la tradición del esperpento de Ramón María del Valle Inclán. Sin embargo, mientras este último no admitía la posible condición trágica, noble, para la sociedad española, José Sanchis Sinisterra reivindica la humanidad de Carmela, la dignidad de los vencidos, de la derrotada Segunda República al final de la guerra civil española. De ahí que *¡Ay, Carmela!* sea una elegía y no un esperpento.

7. EL TEATRO COHESIVO Y LOS MATERIALES TEATRALES DE *¡AY, CARMELA!*

El profesor Manuel Aznar apunta de qué manera Sanchis Sinisterra, en su doble faceta de investigador teatral y dramaturgo, se interesa por las formas marginales y heterodoxas del teatro español, más allá de los autores del canon. Así, reivindica la naturaleza mixta, de origen diverso, de muchas manifestaciones teatrales a lo largo de la historia dramatúrgica. Sanchis abogará por la noción de *conglomerado*, de teatro cohesivo, para definir una fórmula que reúna distintos materiales, integrados pero con sus señas de identidad originales (Aznar Soler, 2001: 42-44). En este sentido, podemos afirmar que, si bien *Ñaque* es su obra más representativa de este estilo, en *¡Ay, Carmela!* también observamos elementos propios de esta dramaturgia de conglomerado, especialmente en la representación de la Velada Artística, que combina motivos propios del teatro de revista y de variedades, aunque conectados con una rama particular del folclore y la música popular española:

- el pasodoble *Mi jaca*, creado por Ramón Perelló y Juan Mostazo, y estrenado en 1933 en Madrid por Estrellita Castro;

- la zarzuela *La del manojo de rosas*, con letra de Anselmo Carreño y Francisco Ramos de Castro, y música de Pablo Sorozábal, estrenada en noviembre de 1934.

Asimismo, se articulan materiales propios de la oficialidad franquista en clave paródica:

- el pasodoble *Suspiros de España*: a la música compuesta por Antonio Álvarez en 1902, se le añadió una letra de Juan Antonio Álvarez en 1938 para que la cantara Estrellita Castro en la película *Suspiros de España* (1939), dirigida por Benito Perojo y coproducida por los servicios propagandísticos de Goebbels en la Alemania nazi;
- el «Romance de Castilla en armas», de Federico de Urrutia, poeta falangista, afiliado desde 1933 al partido de José Antonio Primo de Rivera, Falange Española, que colaboró en los servicios propagandísticos del bando sublevado. En 1938 publica *Poemas de la Falange Eterna*, donde se recoge este romance.

Y homenajes implícitos a la cultura afín a la Segunda República, como la mención al asesinato de Federico García Lorca o el poema «¡Viban los compañeros! Pedro Rojas» del poemario *España, aparta de mí este cáliz*, de César Vallejo. El poeta peruano había colaborado activamente en apoyo de la Segunda República Española desde el comienzo de la guerra civil y participó, en 1937, en el Congreso Internacional de Escritores Antifascistas.

El final de Carmela en la obra es, a la vez, una dignificación metateatral que quiere reivindicar la altura moral de los géneros dramáticos menores. Incluso la revista o el teatro de variedades puede mostrar su cara más valiente y adquirir un rol social que vaya más allá del mero entretenimiento.

8. LA LECTURA POLÍTICA DE *¡AY, CARMELA!*

Apunta el profesor Aznar: «*¡Ay, Carmela!* es, sin duda, aquí y ahora, una obra de teatro político, un concepto que en Sanchis Sinisterra nada tiene que ver con el sectarismo político ni con el panfletarismo ideológico, sino con el estímulo brechtiano de mostrar, a través de la vulgaridad de Paulino y Carmela, la complejidad de la condición humana, capaz en situaciones límite tanto del heroísmo como de la abyección» (Aznar Soler, 2001: 93-94). Es decir, el dramaturgo valenciano aprende de su modelo Bertolt Brecht la necesaria función del teatro como plataforma de reflexión, no de transmisión de un mensaje político, y utiliza los matices psicológicos de los dos personajes protagonistas de la obra para situar ante los ojos del espectador el contraste entre los límites del ser humano.

Estructuralmente, el epílogo desempeña la misión de ofrecer un espacio ajeno al núcleo de acción principal (la Velada Artística), que permitirá esa reflexión que no sólo es política, sino también ética. Paulino aparece en escena vestido con el uniforme falangista y barriendo el teatro Goya de Belchite, desprovisto por completo de su dignidad de artista. Reaparece el fantasma de Carmela e ironiza a propósito de la actitud de connivencia de su antiguo compañero de profesión. La relación de Carmela con otras milicianas muertas hace que ella cobre, en el más allá, una mayor convicción política, que confirma la intuición que la hace actuar de ese modo al final de su actuación. Carmela simboliza el necesario recordatorio que los vivos necesitan para calibrar las responsabilidades y asumir una actitud ética correcta.

Si atendemos el momento de creación y estreno de *¡Ay, Carmela!*, necesariamente debemos interpretar esta obra como un aviso para navegantes: una defensa de la necesidad de recordar frente a la amnesia generalizada de la sociedad española en la incipiente democracia. Porque, como le explican las dos Montses a Carmela en el más allá, hay muchas maneras de estar muerto, como las hay de estar vivo; y los muertos deberán ostentar el papel de guardianes de la memoria («Porque los vivos, en cuanto tenéis la panza llena y os ponéis corbata, lo olvidáis todo»).

¡AY, CARMELA!

ELEGÍA DE UNA GUERRA CIVIL EN DOS ACTOS Y UN EPÍLOGO

A mi padre

PERSONAJES

PAULINO
CARMELA

La acción no ocurrió en Belchite
en marzo de 1938*

* Tras casi un año de tranquilidad en el frente de Aragón, el 24 de agosto de 1937 el ejército republicano inició una ofensiva que le llevó a la conquista de Quinto y de Belchite, que fue tomada el 6 de septiembre tras diez días de asedio. El 15 de diciembre, y aprovechando que los nacionalistas se aprestaban a atacar Madrid, el ejército republicano inició una ofensiva contra Teruel, que conquistaron con facilidad. Desde finales de diciembre los nacionalistas iniciaron la reconquista de los territorios ocupados y recuperaron Teruel el 22 de febrero de 1938. Las operaciones continuaron y el 10 de marzo tomaron Quinto y Belchite. El contingente empleado por cada uno de los ejércitos rondaba los cien mil hombres, casi todos españoles en el caso del ejército republicano. Las tropas nacionalistas estaban compuestas por soldados españoles y marroquíes, pero también italianos y alemanes, lo que explica algunas de las referencias y comentarios que aparecen en el texto.

PRIMER ACTO

Escenario vacío, sumido en la oscuridad. Con un sonoro «clic» se enciende una triste lámpara de ensayos y, al poco, entra PAULINO*: ropas descuidadas, vacilante, con una garrafa de vino en la mano. Mira el escenario. Bebe un trago. Vuelve a mirar. Cruza la escena desabrochándose la bragueta y desaparece por el lateral opuesto. Pausa. Vuelve a entrar, abrochándose. Mira de nuevo. Ve al fondo, en el suelo, una vieja gramola. Va junto a ella y trata de ponerla en marcha. No funciona. Toma el disco que hay en ella, lo mira y tiene el impulso de romperlo, pero se contiene y lo vuelve a poner en la gramola. Siempre en cuclillas y de espaldas al público, bebe otro trago. Su mirada descubre en el suelo, en otra zona del fondo, una tela. Va junto a ella y la levanta, sujetando una punta con los dedos: es una bandera republicana medio quemada.*

PAULINO.—*(Canturrea.)*

... pero nada pueden bombas,
rumba, la rumba, la rumba, va
donde sobra corazón,
ay Carmela, ay Carmela...,

(Vuelve junto a la gramola y va a cubrirla con la bandera. Al encorvarse para hacerlo, se le escapa un sonoro pedo. Se interrumpe un momento, pero concluye la operación. Una vez incorporado, hace sonar, ahora deliberadamente, varias ventosidades que evocan un toque de trompeta. Se ríe quedamente. Gira sobre sí y mira hacia la sala. Avanza hacia el proscenio, se cuadra y saluda militarmente. Nuevo pedo. Levanta el brazo derecho, en saludo fascista, y declama.)

En el Cerro de los Ángeles,
que los ángeles guardaban
¡han fusilado a Jesús!
¡Y las piedras se desangran!
¡Pero no te asustes, Madre!
¡Toda Castilla está en armas!
Madrid se ve ya muy cerca.
¿No oyes? ¡Franco! ¡Arriba España!
La hidra roja se muere
de bayonetas cercada.
Tiene las carnes abiertas
y las fauces desgarradas.
Y el Cid, con camisa azul,
por el cielo cabalgaba...

(Nuevo pedo. Ríe quedamente. De pronto, cree oír un ruido a sus espaldas y se sobresalta. Tiene un reflejo de huida, pero se contiene. Por un lateral del fondo entra una luz blanquecina, como si se hubiera abierto una puerta. PAULINO *aguarda, temeroso.)*

PAULINO.—¿Quién está ahí?

(Entra CARMELA, *vestida con un discreto traje de calle.)*

CARMELA.—Hola, Paulino.

PAULINO.—*(Aliviado.)* Hola, Car... *(Se sobresalta.)* ¡Carmela! ¿Qué haces aquí?

CARMELA.—Ya ves.

PAULINO.—No es posible... *(Por la garrafa.)* Si no he bebido casi...

CARMELA.—No, no es por el vino. Soy yo, de verdad.

PAULINO.—Carmela...

CARMELA.—Sí, Carmela.

PAULINO.—No puede ser... *(Mira la garrafa.)*

CARMELA.—Sí que puede ser. Es que, de pronto, me he acordado de ti.

PAULINO.—¿Y ya está?

CARMELA.—Ya está, sí. Me he acordado de ti, y aquí estoy.

PAULINO.—¿Te han dejado venir por las buenas?

CARMELA.—Ya ves.

PAULINO.—¿Así de fácil?

CARMELA.—Bueno, no ha sido tan fácil. Me ha costado bastante encontrar esto.

PAULINO.—Pero ¿has venido así, andando, como si tal cosa?

CARMELA.—Caray, chico: cuántas preguntas. Cualquiera diría que no te alegras de verme.

PAULINO.—¿Que no me alegro? Pues claro que sí: muchísimo, me alegro. Pero, compréndelo... ¿Cómo iba yo a imaginar...?

CARMELA.—No, si ya comprendo que te extrañe... También a mí me resulta un poco raro.

PAULINO.—Yo creía que... después de aquello... ya todo...

CARMELA.—Se ve que todo no..., que algo queda...

PAULINO.—Qué curioso.

CARMELA.—Dímelo a mí.

PAULINO.—Pero, entonces, allí... ¿qué es lo que hay?

CARMELA.—Nada.

PAULINO.—¿Nada?

CARMELA.—Bueno: casi nada.

PAULINO.—Pero ¿qué?

CARMELA.—¿Qué qué?

PAULINO.—¿Qué es eso, ese «casi nada» que hay allí?

CARMELA.—No sé... Poca cosa.

PAULINO.—¿Qué poca cosa?

CARMELA.—Mucho secano.

PAULINO.—¿Secano?

CARMELA.—O algo así.

PAULINO.—¿Quieres decir que es como esto?

CARMELA.—¿Cómo qué?

PAULINO.—Como esto..., como estas tierras...

CARMELA.—Algo así.

PAULINO.—Secano...

CARMELA.—Sí: mucho secano, poca cosa.

PAULINO.—¿Con árboles?

CARMELA.—Alguno hay, sí: mustio.

PAULINO.—¿Y ríos?

CARMELA.—Pero secos.

PAULINO.—¿Y casas? ¿Pueblos?

CARMELA.—¿Casas?

PAULINO.—Sí: casas, gente...

CARMELA.—No sé.

PAULINO.—¿No sabes? ¿Qué quieres decir?

CARMELA.—Que no sé.

PAULINO.—Pero ¿has visto, sí o no?

CARMELA.—Si he visto, ¿qué?

PAULINO.—Gente, personas...

CARMELA.—¿Personas?

PAULINO.—Sí, personas: hombres y mujeres, como yo y como tú.

CARMELA.—Alguno he visto, sí...

PAULINO.—¿Y qué?

CARMELA.—¿Qué qué?

PAULINO.—¿Qué hacen? ¿Qué dicen?

CARMELA.—Nada.

PAULINO.—¿No hacen nada?

CARMELA.—Casi nada.

PAULINO.—¿Como qué?

CARMELA.—No sé: andan, se paran... vuelven a andar...

PAULINO.—¿Nada más?

CARMELA.—Se rascan.

PAULINO.—¿Qué se rascan?

CARMELA.—La tiña.

PAULINO.—¿La tiña? ¿Tienen tiña también?

CARMELA.—Eso parece.

PAULINO.—Pues vaya... Pocos y tiñosos...

CARMELA.—Ten en cuenta que aquello es muy grande.

PAULINO.—Ya, pero... ¿Y qué dicen?

CARMELA.—¿Decir?

PAULINO.—Sí, decir. ¿Te dicen algo?

CARMELA.—¿A mí?

PAULINO.—Sí, a ti. ¿Te hablan?

CARMELA.—Muy poco... Casi nada.

PAULINO.—¿Como qué?

CARMELA.—No sé... Por ejemplo: «Mal año»...

PAULINO.—Mal año... ¿Y qué más?

CARMELA.—Pues... «Vaya con Dios»...

PAULINO.—¿Y qué más?

CARMELA.—Pues... «Menudo culo»...

PAULINO.—¿Cómo?

CARMELA.—Menudo culo.

PAULINO.—¿Eso te dicen?

CARMELA.—Bueno, me lo ha dicho uno.

PAULINO.—¿Quién?

CARMELA.—No sé. Aún no conozco a nadie.

PAULINO.—«Menudo culo»... ¿Será posible?

CARMELA.—Era uno así, grandote, moreno, socarrón, con la cabeza abierta, apoyado en un margen...

PAULINO.—¡Cómo está el mundo!

CARMELA.—Bueno, el mundo...

PAULINO.—O lo que sea... ¿Y tú qué has hecho?

CARMELA.—¿Yo?

PAULINO.—Sí, tú. Seguro que te ha hecho gracia...

CARMELA.—Hombre, gracia... Pero no se le notaba mala intención.

PAULINO.—Faltaría más: con la cabeza abierta...

CARMELA.—Pues no te creas, que, así y todo, resultaba buen mozo...

PAULINO.—Ya: buen mozo... Tú, por lo que veo, no cambiarás ni...

CARMELA.—Anda, tonto... ¿Que no ves que lo digo para ponerte celoso? Ni le he mirado siquiera. Buena estoy yo para andar coqueteando. Si ni me lo siento, el cuerpo...

PAULINO.—¿Te duele?

CARMELA.—¿Qué?

PAULINO.—Eso... las... ahí donde...

CARMELA.—No, doler, no. No me noto casi nada. Es como si... ¿Cómo te lo diría? Por ejemplo: cuando se te duerme una pierna, ¿verdad?, sí, la notas, pero como si no fuera tuya...

PAULINO.—Ya, ya... Y, por ejemplo, si te toco así... *(Le toca la cara.)*, ¿qué notas?

CARMELA.—Pues que me tocas.

PAULINO.—Ah, ¿sí?

CARMELA.—Sí. Un poco amortecido, pero lo noto.

PAULINO.—Qué curioso... Yo también te noto, pero... no sé cómo decirlo...

CARMELA.—Retraída.

PAULINO.—Eso es: retraída. Qué curioso... Y... ¿darte un beso, puedo?

CARMELA.—No: darme un beso, no.

PAULINO.—¿Por qué no?

CARMELA.—Porque no. Porque estoy muerta, y a los muertos no se les da besos.

PAULINO.—Ya, pero...

CARMELA.—Ni pero, ni nada.

PAULINO.—Bueno, bueno: no te pongas así...

CARMELA.—Es que tú, también...

PAULINO.—Como no me pude ni despedir...

CARMELA.—Pues ahora, ya, te aguantas.

PAULINO.—Claro.

CARMELA.—Yo también me aguanto, no te creas.

PAULINO.—¿Sí?

CARMELA.—Me supo muy mal.

PAULINO.—¿Sí?

CARMELA.—Muy mal, sí.

PAULINO.—¿Y no... no me guardas rencor?

CARMELA.—¿Rencor? ¿Por qué?

PAULINO.—Mujer, por aquello..., porque yo no...

CARMELA.—Mira, Paulino: cada uno es cada uno.

PAULINO.—Eso es verdad.

CARMELA.—Y tú, no te lo tomes a mal, pero siempre has sido un cagón.

PAULINO.—Carmela, por Dios, yo...

CARMELA.—Un cagón. Paulino. Las cosas como son. En la escena, un ángel; en la cama, un demonio... Pero, en todo lo demás, un cagón. ¿O no?

PAULINO.—Mujer, yo...

CARMELA.—Acuérdate en Oviedo, sin ir más lejos, con el fulano aquel de la sala de fiestas... ¿Cómo se llamaba?

PAULINO.—Don Saturnino.

CARMELA.—Eso: don Saturnino.

PAULINO.—¡Menudo pájaro! ¡No me lo recuerdes! Misa diaria, concejal, ocho hijos..., uno de ellos mongólico y otro canónigo de la catedral..., y él, por las noches, gerente del peor tugurio del norte de España... No me lo recuerdes.

CARMELA.—Te lo recuerdo sólo para que recuerdes lo valiente que eres.

PAULINO.—¿Yo?

CARMELA.—Sí, tú. Que ahora, mucho despotricar contra él, pero entonces casi me lo metes en la cama.

PAULINO.—¿Cómo puedes decir eso, Carmela?

CARMELA.—Pues, ya ves: lo digo.

PAULINO.—Eres injusta conmigo. Yo sólo te pedía que le pusieras buena cara para que no nos despidiera. Porque yo, con mi afonía, estaba en muy baja forma.

Carmela.—¿Y por eso no abrías la boca cuando te gritaba y te insultaba delante de todo el mundo?

Paulino.—Ya sabes que estaba afónico y casi no podía ni hablar.

Carmela.—Afónico, sí... Eso es lo que te pasa: que te quedas afónico en cuanto hay que pelear por algo.

Paulino.—Yo soy un artista, no un boxeador... Y además que, cuando hace falta, también saco lo que hay que sacar...

Carmela.—¿Qué sacas tú?

Paulino.—Lo que hay que sacar. En Albacete, el año pasado, por ejemplo... ¿Ya no te acuerdas?

Carmela.—¿En Albacete?

Paulino.—Sí, en Albacete. ¿Quién les plantó cara a aquellos milicianos que nos querían requisar todo el equipo?

Carmela.—No me acuerdo.

Paulino.—Ah, no te acuerdas... ¿No te acuerdas de las agallas con que fui a buscar al sargento, me planté delante de él y le dije: «Señor sargento: sus hombres...»?

Carmela.—Era un cabo.

Paulino.—¿Cómo?

Carmela.—Que era un cabo, no un sargento, ya me acuerdo..., y estaban todos medio borrachos, de broma.

Paulino.—¿De broma? ¿Estás segura?

Carmela.—Como que había cuatro de Huelva y acabamos cantando fandangos, ¿no te acuerdas?

Paulino.—Eso fue al final, después de que yo les planté cara y puse las cosas en su sitio.

Carmela.—Ya...

Paulino.—Por cierto, ¿los has visto?

CARMELA.—¿A quién?

PAULINO.—A los de la otra noche...

CARMELA.—¿A quién de la otra noche?

PAULINO.—A los milicianos de la otra noche... *(Señala un lado de la sala.)* Los que estaban aquí, presos...

CARMELA.—¿Presos?

PAULINO.—Sí, los prisioneros... ¿No te acuerdas? Los que iban a...

CARMELA.—¿Qué noche?

PAULINO.—La otra noche, aquí, cuando hicimos la función.

CARMELA.—¿Qué función?

PAULINO.—La función de... ¿Es posible que no te acuerdes?

CARMELA.—De muchas cosas no me acuerdo, a veces... Se me van, me vienen...

PAULINO.—Claro, es natural, pero...

CARMELA.—Ahora mismo, por ejemplo, me acabo de acordar de que tengo que irme...

PAULINO.—¿Que te tienes que ir? ¿Adónde?

CARMELA.—No sé... Me va por la cabeza que he de acudir a un sitio...

PAULINO.—¿A qué sitio?

CARMELA.—No sé, pero tengo que ir...

PAULINO.—¿Para qué?

CARMELA.—No me acuerdo... Alguien dijo que teníamos que acudir a no sé dónde, para no sé qué...

PAULINO.—Pero, volverás, ¿no?

CARMELA.—Sí..., supongo que sí...

PAULINO.—Prométeme que volverás, Carmela. No me puedes dejar así.

CARMELA.—¿Así? ¿Cómo?

PAULINO.—Pues así, con este..., con esta... Bueno: tú ya me entiendes.

CARMELA.—Sí, te entiendo. Haré todo lo posible por volver... *(Va a salir.)*

PAULINO.—Diles que te dejen..., diles que yo, que tú...

CARMELA.—¿A quién se lo digo?

PAULINO.—No sé, tú sabrás... A los que manden...

CARMELA.—Allí no manda nadie... creo.

PAULINO.—Pues entonces vuelve, ¿eh? Te espero.

CARMELA.—Sí, espérame... *(Sale por donde entró. Se apaga la luz blanquecina.)*

PAULINO.—*(Habla hacia el lateral, sin atreverse a seguirla.)* Te espero aquí, ¿eh, Carmela? Aquí mismo... Ni moverme... Hasta que vuelvas. Y no te vayas a olvidar, que tú... *(Gesto de despiste.)* Y más ahora, recién muerta... *(Piensa.)* Recién... Pero, entonces, ¿cómo es posible que...? Porque yo no estoy borracho... *(Se palmea la cara. Mira el escenario, luego la sala, y otra vez el escenario, recorriéndolo. Se detiene ante la zona del lateral por donde entró y salió* CARMELA*: parece que quiere inspeccionar la salida, pero no se atreve. Le asalta una idea repentina y comienza a actuar precipitadamente: toma la garrafa de vino y la deja en un lateral, fuera del escenario; hace lo mismo con la gramola y la bandera. Arreglándose el traje y el pelo, limpia con los pies la suciedad del suelo y se coloca en el proscenio, frente al público. Una vez allí, cierra los ojos y aprieta los puños, como deseando algo muy intensamente, y por fin adopta una actitud de risueño presentador. Cuando parece que va a hablar, descompone su posición, mira la luz de ensayos y sale por un lateral. Se escucha el «clic» del interruptor y la luz se apaga. Tras una breve pausa, a oscuras, entra de nuevo y se* *coloca en el centro del proscenio, gritando hacia el fondo de la sala.)* ¡Cuando quiera, mi teniente! ¡Estamos dispuestos! *(Silencio. No ocurre nada. Vuelve a gritar.)* ¡Adelante con la prueba de luces, mi teniente! ¡Avanti! ¡Stiamo presti! ¡Luci, mio tenienti! *(La escena se ilumina brillantemente.* PAULINO, *que ahora tiene puesto un gorro de soldado nacional y lleva unos papeles en la mano, queda un momento cegado.)* Bueno, hombre, bueno... No se ponga así... ¿Seguro que al principio va toda esta luz? *(Hojea los papeles y grita.)* ¿Tuta questa luce, in principio? *(Las luces se apagan y vuelven a encenderse, esta vez con menos intensidad.)* Ya me parecía a mí... *(Nuevo apagón y nuevo encendido, aún con menos intensidad.)* ¡No tanto, hombre, no tanto, que nos deja a oscuras!... ¡No tanti, uomo, no tanti!... *(La luz desciende más.)* ¡Que no tanto, digo, que no la baje tanto! ¡Al contrario: más luz! ¡Più, più, più...!

(Se asoma CARMELA *por un lateral, acabando de vestirse con un lamentable traje de andaluza.)*

CARMELA.—Pero ¿a qué viene ahora hacer el pájaro? Eso no lo hemos ensayado...

PAULINO.—*(Bufando.)* ¡Qué pájaro ni qué hostias! Que le estoy diciendo al teniente que más luz... Pero ése, además de maricón, es sordo...

CARMELA.—Ah, bueno... *(Desaparece.)*

PAULINO.—*(Consultando los papeles.)* Vamos a ver, vamos a ver... No nos pongamos nerviosos, que aún falta una hora... *(Consulta su reloj.)* ¿Una hora digo? ¡Sólo media! *(Encuentra la hoja que buscaba.)* Aquí está: «Principio»... Eso es... *(Grita hacia el fondo de la sala.)* ¡Los rojos! ¡Los rojos, mi teniente! ¡I rossi! *(Apagón total.)* ¡No, hombre! ¿Qué hace? No se asuste... ¡Quiero decir los botones rojos! Que apriete sólo los botones rojos para el principio! ¡I bottoni rossi! *(Se enciende la luz con intensidad media.)* ¡Por fin! ¡Eso es! ¡Perfecto! ¡Perfetto, mio tenente! ¡Así! ¡Cosí, cosí!... ¡Principio, cosí! ¡I bottoni rossi! *(Da un bufido de alivio y habla hacia el lateral, a* CARMELA.) Como esto dure mucho, me voy a destrozar la voz a fuerza de gritos... Y luego, los dúos los vas a hacer de ventrílocua... *(Al fondo de la sala.)* ¡Oiga usted, mi teniente! ¿Por qué no abre la ventanita de la cabina y así me oirá mejor? ¡La finestrina de la cabina, aprire, aprire...! *(Se acompaña de gestos superexpresivos. Fuerza la vista y suspira.)* ¡Eso es! ¡Muy bien! ¡Molto bene, mio tenente! ¡Cosí, voce mía, no cascata...! *(Hacia el lateral.)* Y menos mal que aprendí algo de italiano en el Conservatorio, que si no, no sé qué hubiéramos hecho...

CARMELA.—*(Entra de nuevo, todavía tratando de sujetarse el vestido.)* Costura podías haber aprendido, y mejor nos vendría ahora... Anda, ayúdame a abrocharme, que este pingajo se me va a caer todo en medio de la fiesta.

PAULINO.—¿Pingajo? No, mujer: si te queda muy bien...

CARMELA.—¡Anda allá, muy bien...! Ni una hora he tenido para hacérmelo... Y de unas cortinas que, no veas... Mira que salir delante de toda esa hombrada hecha un adefesio...

PAULINO.—De verdad que no... *(Hacia el fondo de la sala, mientras ayuda a* CARMELA.) ¡Un momento, mi teniente! *(Sonríe forzadamente.)* ¡Cose de donne...! *(A* CARMELA.*)* De verdad que estás muy salerosa...

CARMELA.—El salero te lo iba a meter yo por la boca... Tenías que haberles dicho que, sin los vestidos, por lo menos, no podíamos actuar...

PAULINO.—Ya se lo he dicho...

CARMELA.—Y que si los quieren, pues que vayan a Azaila, que lo conquisten, tan valientes que son, y que nos los traigan...

PAULINO.—*(Temeroso.)* ¿Quieres callar, imprudente?

CARMELA.—Y ya verían qué gala tan bonita les hacíamos. Pero así, sin nada... *(Bruscos cambios de luces.)*

PAULINO.—¡Ya voy, ya voy, mi teniente! *(Empujando a* CARMELA *fuera de escena.)* Anda y acaba tú...

CARMELA.—*(Fuera.)* ¡En bragas voy a quedarme al primer baile, ya verás!...

PAULINO.—*(Hacia el fondo de la sala.)* Usted perdone, mi teniente, pero es que... la signorina Carmela está muy nerviosa por tener que actuar así: sin decorados, sin vestuario, sin atrezzo, sin niente de niente... *(Cambios de luces.)* Bueno, sí: luces, sí. Muy buenas las luces. Molto buone. Luci, splendide... Menos male, porque, si no, estaríamos a peli..., quiero decir... Bueno, ya me entiende. En fin, a lo que iba: hágase usted cargo de que nosotros somos artistas también, aunque modestos... No como usted, claro, pero artistas... De varietés, claro, pero artistas... Aquí donde me ve, yo tenía una brillante carrera de tenor lírico... Io, tenore lírico de... zarzuela, ¿comprende? ¿Capisce «zarzuela», operetta spagnola? *(Canta.)*

Hace tiempo que vengo al taller
y no sé a qué vengo.
Eso es muy alarmante...

(Carraspea.) Tenore lírico, sí, pero la guerra..., quiero decir, la Cruzada, el Glorioso Alzamiento Nacional..., pues eso: carriera cagata, spezzata... Y Carmela, la signorina: una figura del baile andaluz, flamenco... ¿Comprende, «flamenco»? *(Taconea.)* ¡Olé, gitano!... En fin, mi teniente, a lo que iba: hágase cargo de que es muy duro para unos artistas dar menos de lo que pueden dar, y encima darlo mal, ¿comprende? Cosa mala fare arte cosí, spogliati, smantellati, smirriati... ¿Non è vero? È verissimo, mi teniente, no me lo niegue... Usted lo sabe muy bien, como artista que es, italiano además, de la cuna del arte... Italia, ahí es nada: Miguel Ángel, Dante, Petrarca, Puccini, Rossini, Boccherini, Mussolini. En fin, para qué seguir: aquello está lleno. Pues eso: ya comprenderá lo apurados que estamos la Carmela y un servidor por tener que improvisar una velada en estas condiciones... Y más ante un público tan... tan...

CARMELA.—*(Saliendo furiosa, aún a medio vestir.)* ¡Tantarantán! Déjame, que yo se lo voy a poner claro en cuatro palabras...

PAULINO.—*(Tratando de evitarlo.)* Tú no abras la boca, que nos pierdes... *(Al fondo.)* Ya ve lo nerviosa que está, mi teniente...

CARMELA.—¡No estoy nerviosa, su teniente! Lo que estoy es furiosa, ea.

PAULINO.—Carmelilla, por Dios...

CARMELA.—*(Al fondo.)* Aquí Paulino y una servidora no tenemos por qué hacer el ridículo delante de la tropa...

PAULINO.—Del ejército, Carmela...

CARMELA.—Pues del ejército, que además, seguro, para celebrar la ocupación de Belchite...

PAULINO.—La liberación, quieres decir...

CARMELA.—Eso, la liberación..., pues seguro que han liberado también las bodegas, y no le quiero decir las ganas de bulla que traerán en el cuerpo.

PAULINO.—Calla, Carmela, que el teniente casi no entiende el español. Yo se lo explicaré... *(Al fondo.)* Verá usted, mio tenente: la signorina vuole dire...

CARMELA.—Oye, ¿seguro que está ahí?

PAULINO.—¿Quién? ¿El teniente? Pues, claro: si estoy hablando con él desde hace un rato...

CARMELA.—Mira que si se ha largado...

PAULINO.—¿Cómo se va a ir así, por las buenas, sin decirme nada? Es un hombre educadísimo... *(Grita hacia el fondo.)* ¡Mi teniente! ¡Mi teniente! *(Escuchan.)*

CARMELA.—¿No te digo yo que...?

PAULINO.—¡Mi teniente! ¿Está usted ahí?

CARMELA.—Lo que yo te diga, Paulino: ése se ha largado. Y seguro que con el peluquero, que le iba rondando esta tarde.

PAULINO.—¡Calla, insensata! *(Al fondo.)* ¡Mi tenien...! *(Le falla la voz. Aterrado, se lleva las manos a la garganta. Susurrando.)* ¡Ay, Dios mío!

CARMELA.—¿Qué te pasa?

PAULINO.—*(Ídem.)* ¡La voz!

CARMELA.—¿Qué voz?

PAULINO.—La mía... Ya se me ha cascado...

CARMELA.—¿Cómo se te va a cascar por dos gritos de nada?

PAULINO.—Yo ya me lo temía... Entre el susto de esta mañana, el frío que hace, y ahora los gritos...

CARMELA.—¿Quieres hablar normal y verás cómo no te pasa nada?

PAULINO.—No voy a poder cantar, ni siquiera hablar y, entonces, adiós función...

CARMELA.—¡Pues mira tú qué disgusto me iba a llevar yo...! Por tu madre, Paulino: sigue afónico hasta mañana y nos salvamos de esta mierda.

PAULINO.—*(Con la voz normal.)* ¿Y quién nos salva de que nos fusilen por desacato, eh? ¡Buena es esta gente...!

CARMELA.—Vaya, hombre: ya te ha vuelto la voz...

PAULINO.—Es verdad: ya me ha vuelto... *(En distintos tonos e intensidades.)* Me ha vuelto... vuelto... vuel... toooo...

CARMELA.—Tú, con tal de hacerme la puñeta...

PAULINO.—Pero se me puede ir en cualquier momento, durante la función... ¿Y qué hacemos entonces?

CARMELA.—Tú lo tienes muy fácil: con hacer el número de los pedos...

PAULINO.—*(Como si le hubiera mentado a la madre.)* ¡Calla, Carmela!

CARMELA.—Pues, ¿qué pasa? Si te salía muy bien y gustaba siempre mucho...

PAULINO.—¡Que calles, te digo! ¿Quieres mortificarme?

CARMELA.—¿Yo?

PAULINO.—¡Nunca más! ¿Me oyes? ¡Nunca más! ¡Lo juré en Barcelona, y nunca más! Aunque me muera de hambre.

CARMELA.—También lo juraste en Logroño...

PAULINO.—En Logroño no lo juré: lo prometí, que no es lo mismo.

CARMELA.—Bueno, si tú lo dices...

PAULINO.—Pero ¿es que no lo comprendes, Carmela? ¿No te das cuenta de cómo me humillas recordándome esa... esa...? ¡Yo soy un artista, un cantante!

CARMELA.—¿Y eso qué tiene que ver? Si además tienes ese don que Dios te ha dado...

PAULINO.—¿Don? ¿Llamas don a esa..., a esa ignominia?

CARMELA.—¿A esa qué?

PAULINO.—A esa vergüenza, a ese castigo, a esa cruz...

CARMELA.—Mira que eres exagerado...

PAULINO.—No soy exagerado. Lo que pasa es que tengo dignidad. ¿Sabes lo que es eso? No, sospecho que no...

CARMELA.—Oye, sin faltar... Que yo, cuando quiero, me sé poner tan digna como la que más...

PAULINO.—Me refiero a la dignidad del artista, ¿comprendes?

CARMELA.—Ah, bueno... Si te pones así...

PAULINO.—Me pongo en mi sitio. Y si alguna vez tuve que salirme, o sea, rebajarme, o sea, perder la dignidad...

CARMELA.—¿Te refieres a echar mano de los pedos?

PAULINO.—¡De los pedos, sí! ¡De ese... «don divino», como tú le llamas...! Ya ves qué don divino será, que por su culpa me echaron del seminario a los trece años...

CARMELA.—¿Te echaron? Pues, ¿no me habías dicho que te saliste porque un cura te andaba...?

Paulino.—Me andaba toqueteando a todas horas, sí, aquel cura... Pero la verdad es que me echaron, me expulsaron, porque, para hacerme el gracioso con mis compañeros, lucía el «don divino» en plena misa, en el momento de la consagración...

Carmela.—*(Santiguándose.)* ¡Jesús, María y José! ¿Y por qué esa herejía?

Paulino.—No te sabría explicar... Pero tengo muy claro que, de mayor, cada vez que he caído en su... comercio, o sea, cada vez que me he rebajado a ganarme la vida... con eso... pues, eso: algo se ha roto en mí.

Carmela.—¿Qué se te ha roto?

Paulino.—Por dentro, quiero decir...

Carmela.—Por dentro, no sé... Pero, por fuera, nos hubieran roto la cabeza en Barcelona y en Logroño si no llegas a actuar con los pedos... Tú afónico, yo tísica, a ver cómo hubiéramos cumplido los contratos...

Paulino.—Hay un contrato más importante, Carmela, y es el que un artista tiene firmado con las musas.

Carmela.—¡Caray, Paulino! Cómo estás hoy... Si parece que te has escapado de una comedia de don Jacinto Benavente

Paulino.—Basta, Carmela: no discutamos más. Pero, entérate: yo soy un cantante. Sin suerte, es verdad, pero un cantante. Y los pedos son lo contrario del canto, ¿comprendes? Los pedos son el canto al revés, el arte por los suelos, la vergüenza del artista... Y si uno lo olvida, o no lo quiere ver, o lo sabe y le da igual, y se dice: «A la gente le gusta, mira cómo se ríen, a vivir de los pedos... o de lo que sea», entonces, entonces, Carmela, es... es... pues eso: la ignominia...

Carmela.—¡Y dale...!

PAULINO.—Le doy, sí: a ver si te enteras de una vez. No más pedos en mi carrera... ni aunque me fusilaran los fascistas... *(Repara de pronto en lo que ha dicho y su exaltación se calma al punto. Mira, medroso, en torno suyo.)* Pero... ¿qué estoy diciendo? ¿Cómo he podido...? *(A* CARMELA, *airado.)* ¿Te das cuenta de cómo me provocas con tus...?

CARMELA.—¿Quién te provoca? Si te has puesto así tú solito...

PAULINO.—*(Muy nervioso.)* ¿Dónde está el teniente? *(Al fondo de la sala.)* ¡Mi teniente!

CARMELA.—Yo, para mí, que han suspendido la función...

PAULINO.—Me extrañaría mucho. *(Baja la voz, inquieto.)* ¿Y si es un truco para ver si nos vamos de la lengua?

CARMELA.—¿En qué nos íbamos a ir?

PAULINO.—No sé... Tal vez creen que somos espías, o algo así... *(Grita hacia el fondo.)* ¡Mi teniente!

CARMELA.—¿Espías, tú y yo? ¡Ay qué risa, María Luisa! Pero si esta mañana les hemos dicho todo lo que han querido, y más...

PAULINO.—Ya lo sé... Pero esta gente es muy desconfiada. Ven rojos por todas partes... ¿Dónde está Gustavete?

CARMELA.—Ha ido a ver si le arreglaban la gramola.

PAULINO.—Ésa es otra: Gustavete manejando la gramola... Menuda gramola y menudo Gustavete... *(Hacia el fondo.)* ¡Mi teniente!

CARMELA.—¿Qué tienes que decir del chico?

PAULINO.—No digo nada... ¿Sabes qué se me ocurre? Vamos a disimular.

CARMELA.—¿A disimular?

PAULINO.—Sí: hagamos como que estamos ensayando un baile...

CARMELA.—Pero ¿no es ya la hora de empezar?

PAULINO.—Por eso mismo: es ya la hora de empezar, y el teniente no respira, la tropa no aparece... Esto me da muy mala espina... Vamos... *(Se colocan en posición de iniciar un número de baile.)*

CARMELA.—Mira, Paulino, no empieces con tus aprensiones, que te conozco... y me conozco: tú te asustas, me asustas a mí, tú te asustas más de verme asustada y yo...

PAULINO.—¡Un, dos, tres: ya! *(Comienzan a evolucionar por escena en rudimentaria coreografía, y continúan dialogando mientras acechan, inquietos, la sala y los laterales del escenario.)* ¿Qué le estaba diciendo?... ¡Un, dos, un, dos!

CARMELA.—¿A quién?

PAULINO.—Al teniente... ¡Tres, cuatro, tres, cuatro!

CARMELA.—¿Cuándo?

PAULINO.—Hace un momento, antes de salir tú... ¡Vuelta derecha, un, dos!... La última vez que manejó las luces fue...

CARMELA.—¿Y qué más da eso?

PAULINO.—¡Vuelta izquierda, tres, cuatro!... Por si dije alguna imprudencia...

CARMELA.—¿Imprudencia, tú? Me extrañaría...

PAULINO.—¡Cinco, seis, atrás!... Ya sé: le estaba diciendo que esto de actuar así, con lo puesto...

CARMELA.—¿Con lo puesto? ¡Ojalá pudiera yo actuar con mi ropa, y no con estas cortinas remendadas...!

PAULINO.—*(Se detiene.)* ¡Tu ropa! ¿Dónde está tu ropa?

CARMELA.—¿Dónde va a estar? En ese camerino lleno de cucarachas que...

PAULINO.—*(Asustado.)* ¿Qué hiciste con la octavilla de la CNT que nos dieron anoche en Azaila?

CARMELA.—¡Ay, hijo! Qué susto me has dado... La usé anoche mismo, en el retrete.

PAULINO.—¿Seguro que no la llevabas esta mañana en el bolsillo?

CARMELA.—¿Tan guarra te crees que soy?

PAULINO.—No, mujer... Estoy pensando que... Pero, sigamos... ¡Un, dos, un, dos!... Estoy pensando que esta mañana, al detenernos, nos han registrado muy finamente...

CARMELA.—Eso es verdad: las cosas como son.

PAULINO.—En el interrogatorio también han estado muy amables...

CARMELA.—Mucho. El sargento no hacía más que decirme: «Tranquila, prenda, que esto es un puro trámite...».

PAULINO.—Y cada vez que te lo decía, tocadita al culo.

CARMELA.—Al culo, no: aquí arriba.

PAULINO.—Y se han creído enseguida que hemos cruzado las líneas sin darnos cuenta...

CARMELA.—¿Es que no es verdad? *(Van dejando de bailar.)*

PAULINO.—Ya, pero eso, ¿en qué cabeza cabe?

CARMELA.—Hombre: con la niebla que había...

PAULINO.—Sí, anda y diles tú a unos militares que te has pasado, sin enterarte, de la zona republicana a la zona nacional en una tartana, como si fueras a almorzar a la fuente...

CARMELA.—A almorzar, no; pero a comprar morcillas sí que veníamos.

PAULINO.—A comprar morcillas vendrías tú, que yo venía a ver si nos contrataban en Belchite para las fiestas.

CARMELA.—Pero ¿qué fiestas iban a celebrar sabiendo que los fascistas estaban ya en Teruel?

PAULINO.—Nadie se imaginaba que avanzarían tan de prisa.

CARMELA.—Pues, ya ves: aquí los tienes.

PAULINO.—Oye, pero ¿qué estamos discutiendo?

CARMELA.—Ah, tú sabrás...

PAULINO.—Claro, tú, en cuanto abro la boca, me llevas la contraria, y ya la tenemos.

CARMELA.—¿Yo? Pero si eres tú quien me replicas todo lo que digo...

PAULINO.—¿Qué te replico yo a ti?

CARMELA.—Todo: que si el culo, que si la niebla, que si las morcillas...

PAULINO.—No es verdad: eras tú quien decías que yo no tenía por qué extrañarme de que ellos hubieran creído que nosotros...

(De pronto se produce un cambio de luces. Los dos se inmovilizan, sorprendidos, pero CARMELA *reacciona rápidamente y transforma su discusión en un número musical improvisado.)*

CARMELA.—*(Cantando y bailando.)*

Se han creído que nosotros
no nos vamos a extrañar,
porque digan que tú dices
que ya no me quieres «ná»...

(Nuevo cambio de luces, más enérgico. CARMELA *se dirige con resolución al proscenio y habla al «Teniente», mientras* PAULINO *aún permanece aturdido por la anterior reacción de ella.)*

¿Está usted ahí, señor teniente? Una hora hace que le estamos llamando... Y es para decirle que le diga usted al señor comandante que nosotros aún no estamos preparados, ni la música a punto. Así que haga el favor de poner a la tropa a hacer instrucción como una media hora, que les vendrá muy bien para bajar el vino, mientras aquí Paulino y una servidora acaban de arreglarse...

PAULINO.—*(Reaccionando, pero balbuciente aún.)* Dice... mio tenente... la signorina dice... vuole dire... que noi...

(Pero ya CARMELA *le ha tomado de la mano y le saca resueltamente de escena. Ésta queda un momento vacía. Bruscamente, se hace el oscuro. Sobre la oscuridad se escucha la voz de* CARMELA *acercándose.) «¡Paulino!... ¡Paulino!» (Entra por el lateral del fondo la luz blanquecina y vemos a* PAULINO *durmiendo en el suelo, hecho un ovillo. Vuelve a oírse, más cerca, la voz de* CARMELA, *y la luz de ensayos se enciende con un «clic».)*

CARMELA.—*(Entra vestida con su traje de calle.)* ¡Paulino!... *(Lo ve y acude a su lado.)* ¿Qué haces, Paulino? ¿Estás...? *(Iba a despertarle, pero se contiene.)* Dormido, sí: pobre hijo. Lo cansado que debes de estar... *(Mira a su alrededor, sale de escena y vuelve al momento con la bandera republicana. Le cubre con ella.)* No vayas a coger frío... Con este invierno que no se acaba nunca... *(Le mira, pensativa.)* Dichoso tú, que por lo menos puedes dormir algún rato. Yo, en cambio, ya ves: todo el santo día... o la noche... o lo que sea esa cosa gris, más despierta que un centurión. Lo bonito que era eso de sentir el picor en los ojos, y luego la flojera por todo el cuerpo, y arrebujarse en la cama, o donde fuera, y dejar que se te llevaran las olitas del sueño, como decía mi abuela Mamanina... ¿Dónde estará ahora? ¿Me encontraré con ella... y con mi padre... y con mi tío El Cucharillas y su mujer La Talenta... y con Ramón el Risicas, mi primo, y...? ¡Vaya familia de muertos me ha tocado! Claro, que no me extraña: con la ración de miseria que nos tocó en la vida... Y aún decía doña Antoñona, la cacica: «Qué fuerza tienen los pobres: todo el día segando con sólo un limón y un par de algarrobas, y nunca se mueren...». La madre que la parió..., bien se la podía haber quedado dentro de la tripa, a doña Antoñona, cara de mona, como le decíamos de chicos... Lo que es ella y su familia, seguro que siguen vivos, y contentos, y gordos... Sí, gordos: que con una de sus tetas nos hubiéramos lucido yo y todas mis primas... *(Queda pensativa.)* ¡Qué raro!... Ya casi no puedo sentir envidia, ni rabia, ni... *(Se concentra y se esfuerza.)* ¡Doña Antoñona, cara de mona! ¡Don Melitón, amo cabrón!... *(Se «ausculta» en busca del sentimiento correspondiente.)* Muy poco, casi nada... ¿Y pena? A ver... *(Se concentra.)* ¡No te vayas, Mamanina! ¡No pongas esa cara! ¡Abre los ojos, cierra la boca...! *(Se «ausculta».)* Bueno, sí: aún me queda pena... ¿Y miedo? *(Se concentra.)* ¡Los civiles! ¡Que vienen los civiles! ¡Todos al barranco, deprisa! *(Se «ausculta».)* No, de miedo, nada... ¿Y de... aquello? *(Mira a* PAULINO*, se concentra.)* ¡Dale, Paulino, no te pares! ¡Dale, dale, más..., ahora...! *(Se «ausculta».)* Psche... No gran cosa... ¡Qué lástima, Paulino! Con la de gustos que me dabas... Como cuando me lo hacías cantando aquello de: *(Canturrea, con leve movimiento acompasado.)*

¡Ay, mamá Inés! ¡Ay, mamá Inés!
Todos los negros tomamos café...

... llevando el ritmo como un negro rumbero... y sin desafinar ni una nota... *(Sonríe con pícara ternura.)* ¡Demonio de hombre! ¿Dónde aprenderías tú esas mañas? Seguro que no fue en el seminario... *(Cambio.)* Ya basta, Carmela. Agua que no has de beber... Más te valdrá ir olvidando las cosas buenas, para que no se te coma la añoranza... *(*PAULINO *se remueve y masculla algunas palabras entre sueños.)* Vaya: parece que el señor se quiere despertar. En buena hora sea...

PAULINO.—*(Soñando en voz alta.)* ¡No...! ¡Que no se la lleven!... ¡Ella no tiene...! ¡Ellos... la culpa... esos milicianos...! ¡... A cantar! ¡Ella no!... ¡Esos... que se han puesto...! *(Sigue murmurando, sin que se le entienda.)*

CARMELA.—¡Mira con qué me sale éste! ¡Pues no está soñando...! Y en voz alta, además... Vaya novedad... *(Intenta despertarle con suavidad.)* Despierta, chiquillo, y no te hagas mala sangre con lo que ya no tiene remedio... Pauli, Paulino... Nada: como una criatura en el primer sueño... Si hasta se le salen los mocos... *(Le lim-*

pia la nariz con un pañuelo. PAULINO *refunfuña, pero sigue durmiendo.)* La culpa, dices... Sabe Dios quién la tiene... Los milicianos... yo... tú... el tonto de Gustavete... la hostia consagrada... Pero no: ellos no creo, pobres chicos. Ponerse a cantar, sí, eso me dio no sé qué... Aunque, claro, ¿qué iban a hacer? ¿Qué más les daba todo, si a la mañana les iban a fusilar? La ocurrencia de traerlos a ver la función, con cadenas y todo... Y yo, allí, haciendo aquello, con la bandera... ¡Qué mala leche, el teniente! En lugar de darles la última cena y matarles, como Dios manda, me los traen aquí, pobres hijos... a tragar quina. A mí me estuvo dando no sé qué desde el principio... Verles ahí, tan serios... *(Queda mirando la sala. Canturrea.)*

...pero nada pueden bombas,
rumba, la rumba, la rumba, va
donde sobra corazón,
ay Carmela, ay Carmela.

(Como impulsado por un resorte, PAULINO *se incorpora y queda sentado, parpadeando.* CARMELA *se sobresalta.)*

Jesús, Paulino... Vaya manera de amanecer...

PAULINO.—*(Totalmente despierto.)* Ah, eres tú...
CARMELA.—Sí.
PAULINO.—Has vuelto.
CARMELA.—Ya ves.
PAULINO.—He soñado que... *(Se interrumpe.)*
CARMELA.—¿Qué?

PAULINO.—No, nada... Así que has vuelto...

CARMELA.—Sí, he vuelto.

PAULINO.—Menos mal.

CARMELA.—Sólo que... *(Se interrumpe.)*

PAULINO.—¿Qué?

CARMELA.—Me ha costado más.

PAULINO.—¿Qué quieres decir?

CARMELA.—Eso: que me ha costado más.

PAULINO.—¿Por qué?

CARMELA.—No sé... Era más difícil.

PAULINO.—¿Qué era más difícil?

CARMELA.—Volver... Volver aquí.

PAULINO.—¿No te dejaban?

CARMELA.—Allí nadie deja ni no deja.

PAULINO.—¿Entonces...?

CARMELA.—Ay, no sé... Mira que eres preguntón... ¿Y tú qué has hecho?

PAULINO.—¿Yo? Nada... Esperarte... *(Mira el escenario y la sala.)* Es curioso...

CARMELA.—¿Qué?

PAULINO.—Esto... Este sitio... Un teatro vacío.

CARMELA.—¿Por qué?

PAULINO.—La de cosas que...

CARMELA.—*(Mira el escenario y la sala.)* Sí, la de cosas...

(Quedan los dos mirando, en silencio.)

PAULINO.—¿Y tú dónde has estado?

CARMELA.—¿Cuándo?

PAULINO.—Todo este rato... Desde que te has ido...

CARMELA.—He estado... allí.

PAULINO.—Sí, pero ¿dónde?

CARMELA.—No sé. Era... un cruce de vías.

PAULINO.—¿Un cruce?

CARMELA.—Sí: de vías de tren. Se cruzaban dos vías de tren.

PAULINO.—¿Quieres decir... una estación?

CARMELA.—No, no había estación. Sólo la caseta del guarda-agujas, o algo así, en medio del descampado.

PAULINO.—Qué raro... Una caseta...

CARMELA.—Sí, pero no estaba.

PAULINO.—¿Quién no estaba? ¿El guarda-agujas?

CARMELA.—Ni él, ni nadie. La gente iba llegando, se formaba la cola...

PAULINO.—¿La cola? ¿Os ponían en cola?

CARMELA.—No nos ponía nadie. Nos íbamos poniendo nosotros, al llegar...

PAULINO.—La costumbre, claro... ¿Y había mucha gente?

CARMELA.—Pues al principio, no; pero poco a poco la iba habiendo...

PAULINO.—¿Y estaba el tipo aquel..., el sinvergüenza de la cabeza abierta?

CARMELA.—Yo no lo vi. Como no fuera de los más borrosos...

PAULINO.—¿Borrosos? ¿Qué quieres decir? (CARMELA *no contesta.)* ¿Quieres decir que os vais... que se van... como borrando?

CARMELA.—Algo así... (PAULINO*, algo inquieto, le toca la cara. Ella sonríe.)* No, hombre... Ésos deben de ser muertos antiguos, del principio de la guerra... o de antes. No te preocupes: yo aún... *(Cambiando vivamente de tema.)* ¿Sabes quién ha estado un rato en la cola?

PAULINO.—No... ¿Quién?

CARMELA.—No te lo puedes ni imaginar... ¡A que no lo adivinas!

PAULINO.—¿Cómo voy a adivinarlo? Con la de muertos que...

CARMELA.—Es uno que hacía versos, muy famoso él. Seguro que lo adivinas...

PAULINO.—Ay, mujer, no sé...

CARMELA.—Sí, hombre, que lo mataron nada más empezar la guerra, en Granada... Es muy fácil.

PAULINO.—¿García Lorca?

CARMELA.—*(Muy contenta.)* ¡Sí!

PAULINO.—¿Federico García Lorca?

CARMELA.—¡Ese mismo!

PAULINO.—¡Caray! García Lorca... Muy famoso... ¿Y ha estado allí, contigo?

CARMELA.—Conmigo, sí, allí en la cola... Sólo un rato, al principio. Pero... no te lo vas a creer... ¿Sabes lo que me ha hecho?

PAULINO.—No. ¿Qué te ha hecho?

CARMELA.—¡Me ha escrito unos versos!

PAULINO.—¿A ti?

CARMELA.—¡Sí, a mí!

PAULINO.—¿Unos versos te ha escrito, a ti?

CARMELA.—Así como suena. Míralos, aquí los llevo... *(Saca un pedacito de papel.)* Con un lápiz...

PAULINO.—A ver, a ver... Qué importante: escribirte unos versos... ¿Y son bonitos?

CARMELA.—No sé: no los entiendo. Pero creo que sí...

PAULINO.—*(Tomando el papel.)* Trae, yo te los explicaré... *(Lee.)* El sueño se... se... Uf, vaya letra...

CARMELA.—Sí, ¿verdad?

PAULINO.—*(Lee.)*

El sueño se... desvela por... los muros
de tu silencio blanco sin... sin hormigas...
pero tu boca... empuja las... auroras...
con... con... con pasos de agonía.

CARMELA.—Muy fino, ¿verdad?

PAULINO.—*(Perplejo, sin saber qué decir.)* Sí, mucho... Claro, aquí él quiere decir... *(Enmudece.)*

CARMELA.—Yo lo que más entiendo es lo de la agonía.

PAULINO.—Sí, eso sí. Eso se entiende muy bien... En cambio, lo de las hormigas.

CARMELA.—De todos modos, reconoce que es un detalle...

PAULINO.—Y tanto que sí: menudo detalle... y más, estando como está... *(Vuelve a leer.)* De tu silencio blanco sin... ¿Hormigas, dice aquí?

CARMELA.—Sí: hormigas, hormigas...

PAULINO.—Ya ves, qué cosa... Silencio blanco sin hormigas..

CARMELA.—Y eso del sueño que se desvela, también tiene tela.

PAULINO.—También, también... El sueño se desvela por... Muy bonito, muy fino... *(Le devuelve el papel.)* Guárdalo bien, eh... No lo vayas a perder... ¿Y te los ha escrito allí mismo?

CARMELA.—Allí mismo. Con un lápiz... Estaba en la cola, muy serio, algo borroso ya... Bien trajeado...; con agujeros, claro... Pero se le veía un señor...

PAULINO.—Era un señor, sí... Y un poetazo. Yo me sé una poesía suya muy fuerte. Es aquella que empieza:

> Y yo me la llevé al río,
> creyendo que era mozuela,
> pero tenía marido...

CARMELA.—Sí, yo también la conozco... Del «Romancero flamenco», ¿verdad?

PAULINO.—No, flamenco, no: gitano. El *Romancero gitano*.

CARMELA.—Eso. Muy bonita, sí... Pues allí estaba él, ya te digo, mirando el suelo, muy serio, y yo voy y le digo...

PAULINO.—¿Había hormigas?

CARMELA.—¿Dónde?

PAULINO.—En el suelo, allí donde él miraba...

CARMELA.—¿Y yo qué sé? Para fijarme en eso estaba yo...

PAULINO.—Sí, claro... Lo decía por... Pero sigue, sigue...

CARMELA.—Conque le digo: «Usted no es de por aquí, ¿verdad?»... Porque yo le notaba un no sé qué... Y él va y me contesta: «Pues usted tampoco, paisana». Y ahí nos tienes a los dos, hablando de Granada... Y resulta que conocía a la Carucas, una prima hermana de la hija del primer marido de mi abuela Mamanina, que había estado sirviendo en su casa...

PAULINO.—Ya ves tú, qué pequeño es el mundo...

CARMELA.—Eso mismo le dije yo, y él me contestó: «Muy pequeño, Carmela, muy pequeño... Pero ya crecerá».

PAULINO.—¿Eso te dijo?

CARMELA.—Sí.

PAULINO.—¿Ya crecerá?

CARMELA.—Sí.

PAULINO.—Qué cosas... Ya crecerá...

CARMELA.—Y en ésas que se acerca el cura de Belchite, que casi no se aguantaba derecho de lo blandorro que estaba.

PAULINO.—¿Por qué, blandorro?

CARMELA.—No sé muy bien... Se ve que lo echaron del campanario abajo...

PAULINO.—Pobre hombre...

CARMELA.—Ya lo puedes decir, ya... Si vieras cómo sudaba.

PAULINO.—¿Sudar? ¿Con este frío?

CARMELA.—Del apuro que estaba pasando. Porque la gente ya se está empezando a cabrear.

PAULINO.—¿Por qué?

CARMELA.—Porque no dan la cara.

PAULINO.—¿Quién no da la cara?

CARMELA.—Nadie: ni Dios, ni la Virgen, ni la palomica...

PAULINO.—¿Qué palomica?

CARMELA.—La que vive con ellos.

PAULINO.—¿Te refieres al Espíritu Santo?

CARMELA.—Ése, sí. Pues ni el Espíritu ni nadie.

PAULINO.—Pero, mujer... Dios y la Virgen no van a ir por ahí, atendiendo a todos.

CARMELA.—Bueno, vale... Pero, por lo menos, no sé: los ángeles, los santos...

PAULINO.—En eso tienes razón.

CARMELA.—San Pedro, por ejemplo... ¿dónde está san Pedro?

PAULINO.—¿A mí qué me preguntas?

CARMELA.—Y, claro, pues todo va manga por hombro.

PAULINO.—No hay derecho...

CARMELA.—Había una mujer, muy enfadada, que no paraba de llamar a santa Engracia... «Pero, bueno, decía, ¿dónde está santa Engracia, a ver? Me he pasado la vida rezándole y poniéndole velas cada viernes... Más de doscientos duros en velas le habré puesto. Y ahora, ¿qué? ¿Dónde coño está santa Engracia?»... Y allí no aparecía ni santa Engracia ni nadie.

PAULINO.—Pobre mujer: doscientos duros y, ya ves...

CARMELA.—Tirados a la calle... Y claro, pues el cura todo era dar disculpas, y que si tengan paciencia, que si enseguida vendrá alguien... Pero, ¡ca! Allí nadie...

PAULINO.—*(Interrumpiéndole.)* Oye, Carmela...

CARMELA.—¿Qué?

PAULINO.—Yo... yo no sé lo que es esto.

CARMELA.—¿Lo que es, qué?

PAULINO.—Esto... Lo que nos pasa... Que tú estés aquí, muerta, y que podamos hablar, tocarnos... No entiendo cómo está ocurriendo, ni por qué...

CARMELA.—Yo tampoco, pero... ya ves.

PAULINO.—Te juro que casi no he bebido... Y soñar, ya sabes que yo no sueño nunca... o casi.

CARMELA.—No, tú con roncar, ya...

PAULINO.—Entonces, ¿cómo es posible?

CARMELA.—Qué quieres que te diga... A lo mejor, digo yo, como hay tantos muertos por la guerra y eso, pues no cabemos todos...

PAULINO.—¿En dónde?

CARMELA.—¿En dónde va a ser? En la muerte... Y por eso nos tienen por aquí, esperando, mientras nos acomodan...

PAULINO.—No digas tonterías, Carmela. ¿Crees tú que la muerte es... un almacén de ultramarinos?

CARMELA.—¿Y tú que sabes, di? ¿Te has muerto alguna vez?

PAULINO.—Claro, aquí la única muerta es la señora... ¡Pues, menuda...! ¿Dónde se ha visto una muerta comiéndose un membrillo?

CARMELA.—*(Que, en efecto, ha sacado un membrillo y lo está oliendo.)* ¡Me lo ha dado el cura! Y, además, no me lo estoy comiendo...

PAULINO.—Pero ¿a que te lo puedes comer? A que sí... Anda, cómetelo y verás...

CARMELA.—*(Vacila.)* ¿Qué pasa si me lo como?

PAULINO.—Tú, cómetelo... *(*CARMELA*, tras dudar, muerde del membrillo. Triunfal.)* ¿Qué?

CARMELA.—¿Qué, qué?

PAULINO.—Eso: ¿qué notas?

CARMELA.—Que está soso.

PAULINO.—*(Sorprendido.)* ¿Soso?

CARMELA.—Sí: que no me sabe a nada.

PAULINO.—¿A nada? A ver... *(*CARMELA *se lo da.* PAULINO *muerde un bocado.)* Está riquísimo... *(Sigue comiendo.)* ¿Cómo puedes decir que no sabe a nada? *(Ídem, con voracidad.)* Yo lo encuentro en su punto: ni verde ni maduro. Y sabroso como... *(*CARMELA *se ha puesto a sollozar quedamente.* PAULINO *comprende, deja de comer y va a devolverle el membrillo. Muy azorado, no sabe qué hacer.)* Carmela, yo... Perdona... Tenías tú razón...

CARMELA.—*(Conteniendo el llanto.)* ¡Con lo que me gustaban los membrillos...!

PAULINO.—Carmela, por favor..., perdona... yo no... *(Le ofrece.)* ¿Quieres?

CARMELA.—*(Estalla en lágrimas.)* ¿Para qué? Si no me sabe a nada..., a nada...

PAULINO.—En realidad... sí que está un poco soso... Yo... *(Súbitamente violento, arroja el membrillo y la increpa.)* ¿Por qué lo hiciste, Carmela? ¿Por qué tuviste que hacerlo, di? ¿Qué más te daba a ti la bandera, ni la canción, ni la función entera, ni los unos, ni los otros, ni esta maldita guerra? ¿No podías haber acabado el número final y santas pascuas? ¿Quién te mandaba a ti ponerte brava, ni sacar las agallas, ni plantarles cara...?

CARMELA.—*(Furiosa, desde el llanto.)* ¡No me grites!

PAULINO.—*(Igual.)* ¡Tú eres la que no has de gritar!

CARMELA.—¿Por qué no?

PAULINO.—¡Porque estás muerta, y los muertos no gritan!

CARMELA.—¡Lo dirás tú, que no gritan! *(Grita.)*

PAULINO.—¡Ya ves!

CARMELA.—¿Qué veo?

PAULINO.—Lo que has conseguido: tú, más muerta que... que una rata muerta, y yo...

CARMELA.—¡No me insultes!

PAULINO.—Yo... ¡peor que muerto! ¿Qué pensabas ganar, eh? ¿Qué íbamos a ganar nosotros haciéndonos los héroes? ¿No era bastante haber aguantado casi dos años de guerra con nuestras «varietés»? ¿Te parece poco heroísmo ése? «Carmela y Paulino, variedades a lo fino»... ¡Menuda finura! Y de las capitales, a olvidarse, que hay mucha competencia... Y venga pueblo arriba y pueblo abajo, con los cuatro baúles... y el tonto de Gustavete, que es como llevar otro baúl, porque ni sirve para representante, ni para regidor, ni para tramoyista...

CARMELA.—¡No te metas con Gustavete!

PAULINO.—¡Eso: defiéndele! Ya salió santa Carmela, patrona de los subnormales...

CARMELA.—Para subnormales, tú. Que si no te hubieras dado tantos humos de artista con el teniente, no se le hubiera ocurrido hacernos actuar...

PAULINO.—Ah, ¿no? ¿Y qué nos hubieran hecho?

CARMELA.—Pues soltarnos y dejarnos marchar a las dos horas...

PAULINO.—¿Dejarnos marchar? ¿Dejarnos marchar, so cándida? Pero ¿tú sabes lo que es una guerra? ¿Tú tienes idea de lo que está pasando por ahí? *(Señala hacia el exterior.)* Anda: sal a dar una vuelta y verás lo que te encuentras... Asómate a la escuela y mira cuántos «niños» han metido allí, y lo creciditos que están, y cómo les hacen cantar la tabla del siete... Y luego ve por las afueras y cuenta la gente que han sacado a «pasear» y se ha quedado a «descansar» al borde de la carretera... Bueno, y sin ir más lejos: mira lo que han hecho contigo...

CARMELA.—Ya está bien, ¿no?

PAULINO.—Ya está bien, ¿de qué?

CARMELA.—De restregarme por las narices que estoy muerta. Que hasta parece que te alegras...

PAULINO.—¿Que me alegro yo de...?

CARMELA.—Bastante me pesa a mí, que ni el sabor de los membrillos noto.

PAULINO.—¿Cómo puedes decir que...? ¡Pero si eres tú quien...!

CARMELA.—*(Súbitamente, como escuchando algo.)* ¡Calla!

PAULINO.—¿Qué pasa?

CARMELA.—¿Oyes?

PAULINO.—*(Escucha también.)* ¿Oír, qué?

CARMELA.—¿No oyes nada?

PAULINO.—¿De qué?

CARMELA.—Bombas, cañonazos...

PAULINO.—Yo no oigo nada...

CARMELA.—Sí, allá lejos... Bum, brrruuum, bummm.

PAULINO.—No se oye ni una mosca, Carmela.

CARMELA.—Yo sí. Lejos, pero muy claro...

PAULINO.—Vamos, no te asustes... Son imaginaciones tuyas.

CARMELA.—Te digo que no. Lo oigo muy bien... ¡Mira que si los matan otra vez...!

PAULINO.—¿A quién?

CARMELA.—Hasta parece que los veo... Sí... Es allí... Las vías... La caseta... Hay humo... Explosiones...

PAULINO.—Carmela, por favor..., cálmate... ¿Cómo vas a ver eso que...? Son imaginaciones... No se oye nada, no se ve nada...

CARMELA.—Lo veo, sí... Caen muy despacio las bombas..., explotan despacio... Veo la tierra que salta... la metralla... *(Va hacia su salida.* PAULINO *la detiene.)*

PAULINO.—Estás aquí conmigo, Carmela..., en el teatro... Estás aquí... ¿Adónde vas?

CARMELA.—Ellos están allí... No huyen... se quedan quietos... andan despacio... se paran... ¡Van a matarlos otra vez!

(Bruscamente se desprende de PAULINO *y sale corriendo por la zona iluminada del fondo.)*

PAULINO.—¡Carmela, no...! *(Sale tras ella, pero al punto vuelve a entrar, como impulsado por una fuerza violenta que le hace caer al suelo. La luz blanquecina se apaga.)* ¡Carmela! *(Intenta incorporarse, pero está como aturdido y, además, se ha lastimado una pierna.)* ¡Carmela, vuelve! ¡Vuelve aquí! ¡Me he roto una pierna! ¡Estoy herido, Carmela! ¡Me he roto...! *(Pero comprueba que no es cierto y se pone en pie, aún ofuscado. Camina cojeando y vuelve a gritar, con menos convicción.)* ¡... una pierna! ¡No puedo andar, Carmela!... ¡Te necesito! ¡No puedes dejarme así! ¡Me he quedado cojo!...

(De pronto, la escena se ilumina brillantemente, al tiempo que comienza a sonar a todo volumen el pasodoble Mi jaca. PAULINO*, asustado, se inmoviliza, mira las luces y también la sala. Se frota los ojos, se tantea la cabeza y, antes de que salga de su estupor, cae rápido el* TELÓN.*)*

SEGUNDO ACTO

Los primeros minutos transcurren exactamente como en el primer acto: oscuridad, sonoro «clic», luz de ensayos, entrada de PAULINO *con la garrafa, miradas al escenario, trago, nuevas miradas, cruce —desabrochándose la bragueta—, salida por el lateral opuesto, pausa, nueva entrada —abrochándose—, miradas y descubrimiento de la gramola, al fondo, en el suelo. Va también junto a ella y, en cuclillas, trata de ponerla en marcha. Al comprobar que no funciona, tiene otra vez el impulso de romper el disco, pero se contiene, se sienta en el suelo y se dispone a arreglarla. Tras varias manipulaciones, intenta de nuevo ponerla en marcha y esta vez sí que funciona. Suena entonces el disco, que reproduce la canción militar republicana* ¡Ay, Carmela! PAULINO *la escucha casi íntegramente, inmóvil. En los últimos compases comienza a rascarse distraídamente las piernas hasta que, de pronto, se las mira, y también las manos, y el suelo a su alrededor... Se incorpora de un salto dándose manotazos por el cuerpo y pisoteando con furia.*

PAULINO.—*(Grita, rabioso.)* ¡Me cago en las hormigas de Dios! ¡Me cago en la puta madre de todas las hormiguitas de Dios y de la Virgen Santísima!...

(Con los saltos, el disco se raya y comienza a repetir, una y otra vez, parte del estribillo: «¡Ay, Carmela!... ¡Ay, Carmela!... ¡Ay, Carmela!...». Al advertirlo, PAULINO *se calma súbitamente y mira como hipnotizado la gramola. Luego otea inquieto a su alrededor y, por fin, se apresura a quitar el disco. Con él en la mano, vuelve a mirar en torno. Murmura.)*

Esto no es natural... Esto es demasiada casualidad... Esto ya es adrede... Aquí pasa algo que... Aquí hay alguien que... Porque yo no estoy borracho. Y es entrar aquí y, dale que te pego: todo son cosas raras... Aquella que aparece como si nada, la noche de marras que vuelve, las luces que se disparan solas... y ahora, la gramola, haciéndome trucos de feria... ¡Vamos, hombre! Un poco de formalidad... *(A un vago e invisible interlocutor.)* ¿Qué pasa? ¿Que porque esto sea un teatro vacío, ya todo vale? ¿Cualquier ocurrencia, ¡plum!, ya está? ¡Vamos, hombre!... Buenas están las cosas por ahí afuera para andar con fantasías... Y lo de menos es ir todo el día enseñando el sobaco... *(Esboza el saludo fascista.)* Lo peor es que, en cuanto a uno no le gusta tu nariz... o le gustan tus zapatos, ya está: «¡Rojo!»... Y a ver cómo hace uno para desteñirse... *(Mirando el disco.)* Dichosa tú, que ya estás muerta y puedes mirar los toros desde la barrera. Porque, lo que es yo, si salgo entero de esta corrida... *(Sacudiéndose sombríos pensamientos.)* Pero, en fin: a lo hecho, pecho... Y el muerto al hoyo y el vivo al bollo. Aquí hay que espabilarse, y andar con ojo, y saber dónde se pisa, y arrimarse a buena sombra... Y si vuelvo de vez en cuando a este teatro, no es para que nadie juegue conmigo a hacer magia barata, ni a los fantasmas, ni a... *(Brusca transición. Grita, casi implorante.)* ¡Carmela! ¡Ven, Carmela! ¡Como sea, pero ven! ¡De truco, o de mentira, o de teatro...! ¡Me da igual! ¡Ven, Carmela!...

(La escena se ilumina bruscamente, como al final del primer acto, y vuelve a sonar el mismo pasodoble: Mi jaca. *Pero esta vez, además, entra* CARMELA *con su vestido andaluz y un gran abanico, desfilando y bailando garbosamente.* PAULINO, *tras el lógico sobresalto, reacciona con airada decepción y se retira, muy digno, al fondo. Queda allí de espaldas, con los brazos cruzados; evidentemente, de mal humor.* CARMELA *ejecuta su número sin reparar en él hasta que, a mitad de la pieza, la música comienza a descender de volumen —o a reducir su velocidad—, al tiempo que la luz de escena disminuye y el baile se extingue. Queda, finalmente, una iluminación discreta, y* CARMELA, *en el centro, como ausente, casi inmóvil, en truncada posición de baile. Silencio.* PAULINO *se vuelve y la mira. Sigue irritado, no directamente con* CARMELA.*)*

Demasiado, ¿no?...

CARMELA.—*(Como despertando.)* ¿Qué?

PAULINO.—No era preciso tanto, caramba...

CARMELA.—¿Tanto qué?

PAULINO.—Tampoco hay que exagerar, me parece a mí...

CARMELA.—Ay, hijo: no te entiendo.

PAULINO.—*(Parodiándose a sí mismo.)* ¡Carmela, ven, ven...! Y, ¡prrrooom! ¡Tarará, ta, ta! ¡Chunta, chunta...! *(Remeda levemente la entrada de* CARMELA.*)* Vaya manera de... Ni que uno fuera tonto... ¡Carmela, ven, ven...! Y prrrooom... Qué vulgaridad... Y uno se lo tiene que tragar, y darlo por bueno, y apechugar con lo que venga, como si tal cosa...

CARMELA.—*(Que, evidentemente, no entiende nada, algo molesta ya.)* Bueno, Paulino: ya me dirás qué vendes...

PAULINO.—No, si tú no tienes la culpa, ya lo sé...

CARMELA.—¿La culpa? ¿De qué?

PAULINO.—De nada, Carmela, de nada... Tú, bastante haces, pobre... Ahora aquí... ahora allá... Que si viva, que si muerta...

CARMELA.—Mira que te lo tengo dicho: no abuses del conejo.

PAULINO.—¿Qué?

CARMELA.—Siempre te sienta mal. Y peor con los nervios de antes de empezar.

PAULINO.—¿De qué hablas?

CARMELA.—¿A quién se le ocurre merendarse un conejo entero, a menos de dos horas de una función que ni Dios sabe cómo nos va a salir? Pero no dirás que no te he avisado: «Para, Paulino, que el conejo es muy traidor, y se te va a indigestar, y tú, cuando vas mal de las tripas, ya no das pie con bola»... Pero tú: «Que no, Carmela, que el comer bien me da aplomo»... Y ya ves... ¿Qué te notas? ¿Mareos, fiebre? *(Le toca la frente.)*

PAULINO.—No me noto nada... Estoy perfectamente...

CARMELA.—Pues dices unas cosas... y tienes una cara...

PAULINO.—¿Y qué cara quieres que tenga?

CARMELA.—Como querer, querer... la de «Car» Gable. Pero ya me conformaba con que te volvieran los colores...

PAULINO.—¿Es que estoy pálido?

CARMELA.—Tirando a verde... Claro que yo... ¡Mira que tener que hacer la función casi sin pintarme! Y encima, la regla que me va a venir...

PAULINO.—¿Cómo lo sabes?

CARMELA.—Por la muela.

PAULINO.—¿Qué muela?

CARMELA.—Siempre te lo digo: cuando me va a venir la regla me duele la muela del juicio.

PAULINO.—Eso son aprensiones...

CARMELA.—¿Aprensiones? Eso es que me avisa.

PAULINO.—Bueno, no discutamos.

CARMELA.—Vale, pero ¿de dónde saco paños?

PAULINO.—¿Y yo qué sé?

CARMELA.—Claro, a ti te da igual. Como vosotros siempre estáis secos...

PAULINO.—*(Que, durante el diálogo, ha ido «ingresando» paulatinamente en la situación definida por* CARMELA.*)* Secos o mojados, lo principal es no apocarse, hacer de tripas corazón y echarle toda el alma a la cosa... *(Con ánimo resuelto, va sacando de escena lo que pueda estorbar la actuación: la gramola, la garrafa...)* Como si estuviéramos actuando en el Ruzafa.

CARMELA.—¡En el Ruzafa! ¡Ave María purísima! Lo mismito va a ser esto... Los decorados, la música, los números... Todo igual, igual. Y Belchite, lo mismo que Valencia...

PAULINO.—Quiero decir... nosotros... nuestro arte... Siempre hay que darle lo mejor al público. Estemos como estemos, tengamos lo que tengamos...

CARMELA.—Pues a este público, como no le demos «cuscus»... ¿Te has fijado la cantidad de moros que hay? *(Se va arreglando el pelo.)*

PAULINO.—Pues, claro... ¿Ahora te enteras? Moros, italianos, alemanes... *(Sin ironía.)* El Ejército Nacional.

CARMELA.—¿Y es verdad lo que ha dicho el teniente?

PAULINO.—¿De qué?

CARMELA.—De esos milicianos que han cogido presos, y que los van a traer a vernos, y que mañana los fusilan...

PAULINO.—Bueno... no sé... Parece que sí... Se ve que el comandante les ha querido conceder una... una eso: una última gracia.

CARMELA.—*(Se arregla el vestido indecorosamente.)* Pues a mí no me hace ninguna. Estar cantando y bailando con una docena de condenados ahí, mirándote...

PAULINO.—Creo que son extranjeros, la mayoría. De las Brigadas Internacionales.

CARMELA.—Para mí, como si fueran de Cuenca, pobres hijos... ¿Se me ve el sostén?

PAULINO.—*(Le echa un vistazo.)* No.

CARMELA.—O aún peor... Venir de tan lejos para esto...

PAULINO.—Mujer... no nos saldrá tan mal, ya verás...

CARMELA.—Me refiero a que los maten.

PAULINO.—Ah, claro... Eso sí, pobres... De Francia, de América... Creo que hay alguno hasta polaco.

CARMELA.—¡Polaco!... Ya ves tú, qué exageración... ¿Quién le iba a decir a su madre, allá tan lejos, que le iban a matar al hijo en Belchite?

PAULINO.—Nadie, desde luego.

CARMELA.—Seguro que Belchite, en polaco, no se puede ni decir...

PAULINO.—¿Belchite? ¡Qué va...! Ni Zaragoza, ni Badajoz, ni Lugo... Y, si me apuras, ni España.

CARMELA.—No: España, sí, que es muy famosa. Y si han venido aquí a luchar, por algo será.

PAULINO.—Ya, pero... a saber cómo lo dicen...

CARMELA.—A su manera, pero lo dirán. Si no, ¿cómo hubieran podido llegar?

PAULINO.—Quien no llega es el público... *(Mira hacia el fondo de la sala.)* Y el teniente... míralo en la cabina, qué tranquilo está, con Gustavete, fumando como un marajá...

CARMELA.—Y encima, como es comunista, no podrá ni rezar...

PAULINO.—¿Quién? ¿El teniente, comunista?

CARMELA.—No: su madre.

PAULINO.—¿Qué madre?

CARMELA.—La del polaco. ¿No son comunistas, los de las Brigadas esas?

PAULINO.—Más o menos... Pero sus madres, no es preciso.

CARMELA.—Seguro que también... *(Se va alterando.)* Pues ya ves: ni rezar por su hijo, podrá.

PAULINO.—*(Lo advierte.)* Bueno... a lo mejor, ni se entera... Polonia está muy lejos.

CARMELA.—Esas cosas, las madres siempre acaban por saberlo.

PAULINO.—*(Tratando de aliviarla.)* Puede que ya sea huérfano...

CARMELA.—¡Huérfano, además! ¡Pobre hijo! Polaco, comunista, huérfano, y venir a morir a un pueblo que no sabrá ni decir... *(Cada vez más agitada.)*

PAULINO.—*(Ya inquieto.)* Bueno, Carmela: no te pongas así...

CARMELA.—¿Que no me ponga así? ¡Cómo se nota que tú nunca has sido madre...!

PAULINO.—Ni tú tampoco, Carmela...

CARMELA.—*(Muy alterada.)* ¡Claro que no! ¡Porque tú no has querido, que eres un egoísta! Y si no me llego a emperrar, no nos casamos ni por lo civil...

PAULINO.—*(Francamente preocupado, vigilando, además, la cabina.)* Está bien, mujer, está bien... Lo que tú digas... Pero ahora no es momento de... Mira: parece que el teniente ya se prepara. Ha debido de acabar la procesión.

CARMELA.—¡Eso sí! Mucha procesión, mucha misa, mucho rosario, y luego... ¡a fusilar huérfanos!

PAULINO.—Haz el favor de callarte... Y prepárate, que el teniente no sé qué nos dice... Creo que ya llega la tropa. ¿Oyes? *(Por el lateral.)* ¿Está ahí Gustavete?

CARMELA.—*(Indignada.)* Sí..., pero ¿sabes lo que te digo? Que el número de la bandera no lo hago, ea.

PAULINO.—¿Qué dices? *(Trata de sacarla de escena.)*

CARMELA.—El de la bandera republicana: que no me da la gana de hacerlo. ¡Pobres hijos! Encima de fusilarlos, darles a tragar quina con la tricolor...

(Se hace bruscamente el oscuro. Pasos precipitados en el escenario. Continúan dialogando, con la voz contenida, desde la oscuridad.)

PAULINO.—¡Que calles, te digo! ¡Ya está! ¡Vamos a empezar! ¡A tu sitio! ¡Gustavete: preparada la música!

CARMELA.—Te digo que no lo hago. Ya puedes ir inventándote algo, porque yo no salgo a burlarme de la bandera. Eso encima, pobres hijos...

PAULINO.—Pero ¿desde cuándo te importa a ti un rábano la bandera de la República? ¿Qué más te da a ti burlarte de ella o de los calzoncillos de Alfonso XIII?... ¡Gustavete, la marcha! ¡El público está entrando en la sala!... Nosotros somos artistas, ¿no? Pues la política nos da igual. Hacemos lo que nos piden, y santas pascuas.

CARMELA.—¿Ah, sí? ¿Y si te piden lo de los pedos?

PAULINO.—¡Eso no es lo mismo! ¡Los pedos no tienen nada que ver con la política!

CARMELA.—Pues para mí es lo mismo... O peor.

PAULINO.—¿Qué es peor para ti?... Bueno, no me importa. ¿Quieres no complicar las cosas ahora?... Los papeles... ¿Dónde coño he puesto yo los papeles?... ¿Seguro que funciona la gramola?... ¿Sabes cuándo es tu entrada, Carmela?... ¡Carmela! ¿Dónde te has metido?... Ya están entrando... ¡Madre mía, cuántos oficiales!... ¿Aquél no es Franco? ¿El general Franco?... ¡Carmela! ¿Has visto a Carmela, Gustavete? Estaba ahí hace un momento... ¿Funciona la gramola? ¡Los papeles, menos mal! ¿Y mi gorro? ¿Dónde está mi gorro? ¿Qué he hecho con...? ¡Aquí está! ¿Y Carmela?... ¡Carmela! ¿Se puede saber dónde...?

CARMELA.—Aquí estoy.

PAULINO.—¿Dónde te has ido? ¿Qué hacías?

CARMELA.—Mear.

PAULINO.—¿Ahora se te ocurre mear?

CARMELA.—No querrás que lo haga luego, bailando...

PAULINO.—Bueno, basta de cháchara... ¿Todo el mundo preparado? En cuanto el teniente dé la luz...

¿eh, Gustavete? Y tú, Carmela, ¿sabes cuándo es tu entrada? No te me despistes, que me dejas colgado... ¿Y cómo es mi primera frase?... «Eternos salvadores de la Patria invicta...» No, al revés: «Invictos salvadores de la Patria eterna...». La teta, Carmela...

CARMELA.—¿Qué?

PAULINO.—Esa teta, que se te va a salir...

CARMELA.—No... Si ya te he dicho que me voy a quedar en bragas...

(Se ilumina de golpe el escenario y, al punto, suena el pasodoble Mi jaca. *Entran simultáneamente, cada uno por un lateral,* PAULINO *y* CARMELA, *él desfilando marcialmente, con gorro de soldado puesto y unos papeles en la mano, y ella bailando garbosamente y ondeando un abanico en el cual, según toda evidencia, lleva escrita la nueva letra del pasodoble.)*

CARMELA.—*(Tras los acordes iniciales, canta.)*

Mi España,
que vuela como el viento
para hacerle un monumento
al valor de su Caudillo.

Mi España
está llena de alegría
porque ya se acerca el día
de ponerse cara al sol.

(Al terminar, PAULINO *se cuadra en el proscenio, frente al público, y extiende el brazo derecho en saludo fascista. Repara en que lleva los papeles en esa mano y se las cambia a la izquierda. Ordena luego las hojas, se aclara la voz, y lee con énfasis, que apenas disimula su inseguridad.)*

PAULINO.—«Invictos salvadores de la Patria eterna: hoy, vosotros, cerebro, corazón y brazo del Glorioso Alzamiento que ha devuelto a España el orgullo de su destino imperial, habéis cumplido una proeza más, de las muchas que ya jalonan esta Cruzada redentora. En vuestra marcha invencible hacia la reconquista del suelo nacional, durante años manchado y desgarrado por la anarquía, el comunismo, el separatismo, la masonería y la impiedad, hoy habéis liberado por las armas esta heroica villa de Belchite. La Quinta División de Navarra del Cuerpo del Ejército Marroquí, bajo el mando del invicto general Yagüe, ha escrito con su sangre inmortal otra gloriosa página en el libro de oro de la Historia semi... sempi... sempiterna de España..., ese libro que inspira, dicta y encuaderna con pulso seguro y mano firme nuestro eguer...», no, «nuestro egre...», sí, «nuestro egregio», eso, «egregio Caudillo Franco, a quien esta noche queremos ofrendar...» *(Cambia de hoja.)* «... cuatro kilos de morcillas, dos pares de ligas negras, dos docenas de...» *(Se interrumpe. Mira aterrado al público.)* No, perdón... *(Mira furioso a* CARMELA *que, ausente, se está arreglando un zapato. Arruga la hoja y se la guarda en el bolsillo.)* Perdón, ha sido un error... *(Busca entre las hojas.)* Queremos ofrendar... ofrendar...

¡Aquí está! *(Lee.)* «... queremos ofrendar esta sencilla Velada Artística, Patriótica y Recreativa», eso es, «... con la que unos humildes artistas populares, la Carmela y el Paulino, Variedades a lo Fino... *(Ambos saludan.)* ... en representación de todo el pueblo español...» *(Sonríe, humilde.)* Bueno: de casi todo... *(Lee.)* «... español, guiados fraternalmente por un artista y soldado italiano, de la División Littorio del Corpo Trupe Volontarie... *(Señala hacia la "cabina".)* ... el Teniente Amelio Giovanni de Ripamonte, en representación del pueblo italiano, que es tanto como decir del alma joven, recia y cristiana de Occidente...» *(La extensión de la frase le hace perder el aliento y el hilo.* CARMELA *lo advierte y le da aire con su abanico.)* ... Esto... Bueno... pues... «de Occidente, queremos honrar, agasajar y entretener a las tropas victoriosas del Glorioso Ejército Nacional de Liberación...». *(Se da cuenta de que ha acabado el párrafo y repite, cerrando el periódico.)* «... Nacional de Liberación.» Punto. *(Se excusa con forzada sonrisa.)* Perdonen, yo... Estas bellas palabras no... Quiero decir que el teniente las ha...

CARMELA.—*(Quitándole la palabra.)* Quiere decir, señores militares, que aquí el Paulino y la Carmela, para servirles, vamos a hacerles una gala, cosa fina, para que ustedes se lo pasen bien, y con la mejor voluntad, no faltaría más, aunque, ya ven: con una mano delante y otra detrás, como quien dice, porque nos han pillado de sopetón, y así, pues claro, poco lustre vamos a dar a esta jarana de la liberación, porque ya me dirán ustedes cómo va a lucirse una con este guiñapo, aunque voluntad no me falta, ni a éste tampoco, se lo digo yo, ni gracia, vaya, que donde hay, hay, y donde no hay, pues no hay... ahora que a mí, eso de la última gracia, se lo digo de verdad, y hace un momento se lo decía a éste, ¿verdad, tú?, pues que no me parece bien, ea, las cosas como son, que por muy polaco que sea uno, una madre siempre es una madre...

PAULINO.—*(Con humor forzado, tras varios intentos de hacerla callar.)* ¡Y madre no hay más que una, y a ti te encontré en la calle!... ¡Muy bien! Sí, señores: ésta es Carmela, una artista de raza y «tronío» que, después de pasear su garbo por los mejores «tablaos» de España, llega aquí, a este simpático Teatro Goya, de Belchite, para poner su arte a los pies de ustedes...

CARMELA.—*(Chistosa.)* Conque ojo, no me lo vayan a pisar con esas botazas... El arte, digo...

PAULINO.—*(Con falsa risa.)* ¡Qué ocurrente!... Ésta es Carmela, sí, señores: toda la sal de Andalucía y el azúcar de... de... *(Le fallan sus conocimientos agrícolas.)*

CARMELA.—Del Jiloca, ea... aunque sea de remolacha.

PAULINO.—Nunca le falta la chispa... cuando se trata de agradar al público...

CARMELA.—Eso es verdad: que yo, al público, me lo quiero mucho, tenga el pelaje que tenga... Ya ven ustedes, por ejemplo, tan seriotes ahí, con los uniformes y las pistolas y los sables esos... Pues, para mí, como si fueran mis primos de Colomera... que siempre andaban con la cosa afuera... *(Ríe con falso pudor.)* ¡Uy, ustedes perdonen! Que ésta es una broma que hacíamos yo y mis hermanas...

PAULINO.—*(Sobreponiéndose a un súbito ataque de tos.)* Basta, basta, Carmela... Que este distinguido público se merece otra clase de... de ocurrencias... Ya lo ven ustedes, señores: a nuestra Carmela no le hacen falta papeles para llenar con su gracejo un escenario... Pero a mí, sí... *(Hojea los suyos.)* A mí, sí... Porque ahora venía aquello de... aquello... *(Lo encuentra.)* ¡Aquí está! Sí, señores: esto... *(Lee.)* «Y como símbolo de esta fraternidad artística, que es también la de nuestros dos pueblos, el español y el italiano, unidos en la lucha contra la hidro...», no, «contra la hidra... la hidra roja, les ofrecemos este baile ale... alegro... alegórico-patriótico titulado: Dos Pueblos, dos Sangres, dos Victorias»...

CARMELA.—A lo primero eran tres, porque el teniente quería que Gustavete, que es el técnico, y más cosas, hiciera de alemán, y así entraban todos en danza... Bueno, menos los moros, pero ésos... *(Gesto vago.)* Pues, lo que les digo: yo, de española, Paulino de italiano... que la verdad es que lo habla muy bien, el italiano, digo... Y Gustavete de alemán, que, aunque es bajito, tiene la cabeza así como cuadrada y el pelo un poco panocha...

PAULINO.—Bueno, Carmela... No creo que a estos señores les interese...

CARMELA.—Deja que les explique, para que vean que voluntad no nos falta... Pues, a lo que iba: Gustavete de alemán, quería el teniente. Pero resulta que el pobre tiene unos sabañones en los pies que casi no puede ni andar, conque ya me dirán bailar...

PAULINO.—Efectivamente, señores: habíamos pensado...

CARMELA.—Pero, no se crean: hasta lo hemos probado un rato, esta tarde, porque voluntad no nos falta... Pero, si vieran... *(Ríe.)* ¡El pobre Gustavete...! *(Seria.)* Así que hemos dicho: Tú, Gustavete, a la gramola. No vayan a pensar estos señores alemanes que nos queremos chotear de ellos...

PAULINO.—Efectivamente, señores, efectivamente... Nosotros...

(El «teniente» produce bruscos cambios de luz.)

Pero ya basta de explicaciones y pasemos sin más al baile... *(Consulta los papeles.)*... «al baile alegórico-patriótico titulado: Dos Pueblos, dos Sangres, dos Victorias»...

CARMELA.—Ya digo: a lo primero eran tres, pero... *(Gesto de* PAULINO.*)* Ya verán como les gusta...

(Y salen los dos, cada uno por un lateral. Sobre la música de una pegadiza marcha italiana, PAULINO *y* CARMELA *ejecutan una danza, cuya rústica coreografía corresponde aproximadamente a la que ensayaron en el primer acto. Al terminar, salen de escena juntos y, al momento, vuelve a entrar* PAULINO *y se produce un cambio de luces.)*

PAULINO.—*(Lee.)* «Espigando al azar en la copiosa y vigorosa poesía épica que en poco tiempo ha generado generosamente el Glorioso Alzamiento Nacional y su Sacrosanta Cruzada de Liberación, encontramos este hermoso "Romance de Castilla en armas" que, con versos a un tiempo rudos y delicados, tiende un puente de valor y heroísmo entre el pasado y el presente. Su autor: Federico de Urrutia»... *(Lee con rapsódica entonación.)*

En el Cerro de los Ángeles
que los ángeles guardaban,
¡han fusilado a Jesús!
¡Y las piedras se desangran!
¡Pero no te asustes, Madre!
¡Toda Castilla está en armas!
Madrid se ve ya muy cerca.
¿No oyes? ¡Franco! ¡Arriba España!
La hidra roja se muere
de bayonetas cercada.
Tiene las carnes abiertas
y las fauces desgarradas.

Y el Cid —lucero de hierro—
por el cielo cabalgaba.

Allá lejos, en el pueblo,
bajo la iglesia dorada,
junto al fuego campesino
miles de madres rezaban
por los hijos que se fueron
vestida de azul el alma.

¡No llores, madre, no llores,
que la Guerra está ganada!

Y antes que crezcan los ríos
volveré por la cañada,
y habrá fiestas en el pueblo
y voltearán las campanas
y habrá alegría en las mozas,
y alegría en las guitarras...

(Se escuchan hipidos entre bastidores, y ruido de alguien que se suena sin recato. PAULINO *se percata, inquieto.)*

y desfiles por las calles
y tambores y dulzainas
y banderas de Falange
sobre la iglesia dorada.

¡Madrid se ve ya muy cerca!
Toda Castilla está en armas.
Y el Cid, con camisa azul,
por el cielo cabalgaba...

(Irrumpe en escena CARMELA, *llorando como una Magdalena.)*

CARMELA.—*(Al público.)* ¿Y Polonia, qué? ¿Es que allí no hay madres? ¡Y vaya si está cerca...!

(Tras unos segundos de terror, PAULINO *reacciona y adopta una actitud jovial de presentador.)*

PAULINO.—*(Al público.)* Y con esta entrada... sorprendente, damos paso a nuestro próximo número... que es un gracioso diálogo arrevistado... sacado de la bonita comedia frívola y musical... *(Se nota que está improvisando desesperadamente.)* estrenada con gran éxito la pasada temporada... en el Teatro Tívoli, de Barcelona..., con el título... «De Polonia a Daroca... y tiro porque me toca»...

(*A* CARMELA, *del asombro, se le ha pasado el disgusto. No así al «teniente», que efectúa varios cambios bruscos de luz.* PAULINO, *en rápida transición, acata sus órdenes.)*

¿No?... Pues no... Sí, ha sido un error... *(Al público, mientras hojea los papeles.)* No, señores: no es éste nuestro próximo número... Ha sido un error... El diálogo arrevistado viene luego... Y, además, es otro... Quiero decir que, de Polonia, nada... Ni de Daroca... Ha sido un error... Nos hemos confundido de comedia... y de número... y de todo... *(Encuentra la hoja.)* Aquí está... ¿Qué les decía? Ahora viene... Sí, eso es... ¡*Suspiros de España*! *(A* CARMELA.*)* Prepárate, niña... *(Al público.)* Sí, señores: a continuación, Carmela cantará para ustedes el bonito pasodoble del maestro Álvarez *Suspiros de España*... *(Al lateral, mientras* CARMELA, *al fondo, se arregla el vestido.)* Gustavete, ¿preparado? *(Al público.) Suspiros de España*, sí: un pasodoble muy español y muy castizo, o sea, muy bonito... Con ustedes, señores y señoras... que diga, no: sólo señores... Carmela y... ¡*Suspiros de España*!

(Y sale dando, más que un suspiro, un resoplido, mientras suenan ya los acordes iniciales del pasodoble.)

CARMELA.—*(Avanza hacia el proscenio, evolucionando y cantando.)*

Quiso Dios con su poder
fundir cuatro rayitos de sol
y hacer con ellos una mujer.

Y al cumplir su voluntad
en un jardín de España nací
como la flor en el rosal.

Tierra gloriosa de mi querer
tierra bendita de perfume y pasión
España en cada flor a tus pies
suspira un corazón.

Ay de mí. Pena mortal.
¿Por qué me alejo España de ti?
¿Por qué me arrancas de mi rosal?

Quiero yo volver a ser
la luz de aquel rayito de sol
hecho mujer por voluntad de Dios.

Ay madre mía. Ay quién pudiera
en luz del día y al rayar la amanecía
sobre España renacer.

Mis pensamientos han revestido
el firmamento de besos míos
y sobre España como gotas de rocío
los dejo caer.

En mi corazón España ha venido
y el eco llevará de mi canción
a España en un suspiro.

(Apenas se extingue el último acorde, CARMELA *muestra su brazo al público.)*

¡De gallina! La piel, digo... De gallina se me pone cada vez que canto esta canción. ¿A ustedes no? Yo, es que soy muy sentidora y lo siento todo mucho. Paulino dice que lo que soy es una histérica, pero él, ¿qué sabe? Con esa sangre de horchata que tiene, que nunca se le altera... *(Sofoca una risa pícara.)* ¡Si yo les contara...! *(Con intención, al ver entrar a* PAULINO*, canta.)* «¡Ay, mamá Inés! ¡Ay, mamá Inés...!»

PAULINO.—*(Ofuscado.)* Muy bien, muy bien, Carmela... Pero esa canción no toca esta noche...

CARMELA.—*(Siguiendo con su broma.)* ¿Ah, no? ¡Qué lástima...!

PAULINO.—*(Al público.)* Comprendan ustedes... Hemos preparado esta velada en muy pocas horas... y no hemos podido ni ensayar... y, claro, todo va un poco... un poco...

CARMELA.—Un poco, no, Paulino: un mucho. Con estos señores no hay que andarse con tapujos, que tontos no son...

PAULINO.—*(Alarmado.)* ¡No, qué va...!

CARMELA.—Ellos ya se hacen cargo... *(Señala un punto de la sala, en las primeras filas.)* Sobre todo aquel oficial gordito y con bigote que, por la chatarra que lleva encima, debe de ser lo menos general... y que no se ha reído nada en toda la noche.

PAULINO.—Basta, Carmela...

CARMELA.—*(Al mismo interlocutor.)* ¿Verdad, alma mía, que te haces cargo? *(Gesto zalamero.)* Porque, es lo que yo digo: a estos señores no hay más que verles la cara para saber que entienden de arte fino, aunque se lo presenten deslucido y a trompicones, como ahora nosotros... *(Transición.)* Lo que me sabe mal es lo de aquellos pobres hijos que, además de no entender nada, se van a ir al otro mundo con una mala impresión... (PAULINO *va a hacerla callar, pero ella cambia de tema.)* Pero, bueno, ya me callo... que enseguida Paulino se pone nervioso... Yo es que, en cuanto me planto delante del público, me entra una cosa que me disparo toda y ya no hay quien me pare...

PAULINO.—Efectivamente, señores... Es... el «duende» del arte... la magia del tablado... que Carmelilla lleva en las venas desde que... siendo una niña así... se ganaba la vida cantando y bailando... por los caminos de su Andalucía...

CARMELA.—Por los caminos, no, Paulino... Ni que fuera una cabra... Por las calles, y por las tabernas, y por... *(Gesto pícaro.)*

PAULINO.—Naturalmente que por los caminos, no... Era... un adorno poético... *(Consultando los papeles.)* Pero ella siempre ha sentido eso... esa cosa... la magia... el duende... la magia... ¡Aquí está! Sí, señores... Y, para magia, la del Mago... *(Guiño de complicidad.)* Pau-li-ching... *(Saluda.)* y su ayudante... Kal-men-lang... *(Presenta a* CARMELA. *Hace una seña hacia el lateral y suena una ramplona musiquilla orientaloide. Lee, al tiempo que* CARMELA *esboza con desgana extrañas ondulaciones de cuerpo y brazos.)* «Atención, señores, mucha atención. Porque vamos a entrar ahora en el mundo del misterio y de la fantasía, de la mano del misterioso Profesor Pau-li-ching y de la fantástica Señorita Kal-men-lang... *(Saludos.)* que les asombrarán a ustedes con sus asombrosos poderes» *(A* CARMELA.*)* ¿Preparada, señorita? (CARMELA *afirma, sin dejar de ondular.)* Muy bien... *(Al fondo de la sala.)* Luces misteriosas, por favor...

(Cambio de luces.) Vean, señores, cómo un servidor de ustedes, con sus mágicos poderes, es capaz de recomponer mágicamente lo que se destruye... *(Tratando de ser gracioso.)* Cosa que resulta muy útil, en estos tiempos... *(Súbitamente serio.)* Bueno, perdón... Quiero decir... En fin, a lo que iba: esta corbata, por ejemplo... *(Muestra al público su corbata.)* Observen que está en perfecto estado... Pues bien, vean ustedes... *(Saca del bolsillo unas tijeras, las hace chasquear y se las tiende teatralmente a* CARMELA.*)* Señorita Kal-men-lang: a lo suyo.

> (CARMELA, *siempre con sus extraños movimientos, toma las tijeras, las muestra al público, da una vuelta alrededor de* PAULINO *haciéndolas chasquear al ritmo de sus pasos y, por fin, toma con cuidado la parte ancha de la corbata y la va cortando de abajo a arriba. Va arrojando al público cada pedazo y, cuando ya no queda más que el nudo, se separa de* PAULINO, *muestra el resultado y saluda.)*

Habrán visto que aquí no hay truco... La corbata ha sido troceada como un chorizo, y ahí tienen ustedes sus pedazos... Pues bien, presten mucha atención y comprueben mis poderes mágicos...

> *(Se lleva solemnemente las manos al pecho, realiza allí misteriosos pases mientras gira sobre sí mismo y, al quedar de nuevo frente al público, muestra su corbata... intacta.)*

¡«Vualá»!... que en francés quiere decir: «Mírala»...

(Ambos saludan ceremoniosamente, al modo «oriental».)

¡Pero esto no es nada, señores! A continuación, vamos a presentarles un número portentoso, que ha causado la admiración de todos los públicos en París, Londres, Moscú... *(Se asusta.)* No: quiero decir... en Berlín... en Roma... en Salamanca... en Zamora... En fin, en muchos sitios... ¡Carmela, la cuerda!

(Gesto decidido hacia Carmela, *que está distraída, mirando una zona concreta de la sala: allí donde, supuestamente, se sitúan los milicianos prisioneros.)*

¡Carmela!

Carmela.—*(Sobresaltada.)* ¿Qué? *(Reacciona y se pone a ondular.)*

Paulino.—La cuerda, señorita Kal.

Carmela.—¿Qué cuerda?... Ah, sí... *(Se desplaza hacia un lateral, desaparece unos segundos y vuelve con una cuerda que lleva enganchadas varias pinzas de tender ropa. Se la ofrece a* Paulino *que, cuando la va a coger, repara en las pinzas.)*

Paulino.—*(Irritado, sin coger la cuerda, le indica las pinzas.)* Por favor, señorita...

Carmela.—*(Advirtiéndolas, abandona su personaje y las quita.)* ¡Uy, sí! Es que antes he puesto a tender mis...

Paulino.—*(Cortándola.)* Señorita, por favor...

CARMELA.—Vale, vale... *(Arroja las pinzas por el lateral y vuelve a su personaje.)*

PAULINO.—*(Tomando la cuerda.)* Observen, señores, esta magnífica cuerda del más puro esparto, fuerte y resistente como un cable de acero... más o menos... *(La tensa y muestra su resistencia.)* Ni diez hombres podrían romperla... Pues bien: mi ayudante, aquí presente, va a atarme con ellas las manos y los pies, y yo, gracias a mis mágicos poderes... ¡voy a librarme en un suspirito! ¡Adelante, señorita Kal!

(Da la cuerda a CARMELA *y extiende los brazos ante sí, con las muñecas juntas. Sigue hablando mientras* CARMELA *le ata las manos con un extremo de la cuerda.)*

Proceda usted a atarme con todas sus fuerzas, sin trampa ni cartón... Apriete, apriete... que vean estos señores lo imposible que le resultaría a cualquier mortal deshacer esos nudos marineros por... *(En voz baja.)* No tanto, animal... *(Alto.)* Esos nudos marineros por medios naturales... o incluso artificiales... Sí, señores: sólo con medios sobrenaturales, por decirlo así, o sea... mágicos... *(A* CARMELA.*)* Bueno, mujer: ya está bien... *(Al público.)* Por decirlo así. Y ahora, los pies... *(Mientras* CARMELA, *en cuclillas, procede a atarle los pies con el otro extremo, muestra al público las manos.)* Aquí tienen, señores, unos ligamentos... o ligaduras... o sea: un atadijo que, no veas... Nadie sería capaz de...

(La cuerda resulta algo corta, de modo que CARMELA, *para atarle los pies, obliga a* PAU-

LINO *a encorvarse, en incómoda y poco airosa actitud.)*

Pero, bueno... ¿Qué pasa aquí, señorita...?

CARMELA.—La cuerda, que no da para más.

PAULINO.—Ya veo, ya... Pero, en fin, no es preciso que...

CARMELA.—¿Te ato o no te ato?

PAULINO.—Sí, claro, señorita... Áteme, áteme, pero... *(En voz baja.)* ¿Te acuerdas de los nudos?

CARMELA.—*(Ídem.)* ¿Qué nudos?

PAULINO.—*(Ídem.)* Los que te enseñé.

CARMELA.—*(Ídem.)* Ay, hijo... ¿Y yo qué sé?

PAULINO.—*(Ídem.)* Pero, bueno... Entonces, ¿qué me has hecho?

CARMELA.—*(Ídem.)* Pues, atarte.

PAULINO.—*(Ídem, inquieto.)* Pero ¿así... de cualquier manera?

CARMELA.—*(Ídem.)* No, hombre: con nudos gorrineros.

PAULINO.—*(Angustiado.)* ¿Nudos gorrineros? ¿Y eso qué es? *(De un brusco salto —pues tiene ya los pies atados— se separa de* CARMELA, *que cae sentada al suelo. Al público, encorvado, con falsa jovialidad.)* ¡Bien, señores! ¡Pues ya está! ¡Aquí me tienen... atado como... como un gorrino! Lo que pasa es que... ha habido un... un fallo técnico... *(Se desplaza con ridículos saltitos hacia un lateral.)* Resulta que... los medios sobrenaturales..., o sea, mágicos... Pues, eso: que esta noche parece que no van a... Conque el número portentoso no... no está a punto... De modo que... ¡ustedes perdonen!

(Y sale de escena con un último salto. CARMELA*, que ya se ha incorporado, queda en escena sola, algo perpleja.)*

CARMELA.—Bueno, pues... no sé qué decirles... Lo que pasa es que no hemos podido ensayar. Y así, claro...

VOZ DE PAULINO.—*(Desde un lateral, furioso, en susurro audible.)* ¡Carmela! ¡Las tijeras!

CARMELA.—¿Qué?... Ah, sí... Las tijeras... *(Las saca de su escote y va al lateral, sin dejar de hablar al público.)* Claro, pues todo va como va... Porque a una servidora no le gusta... *(Tiende las tijeras, que alguien toma.)* hacer el ridículo así... Y antes se lo decía al teniente... *(Hacia el fondo de la sala.)* ¿Verdad usted, mi teniente? ¿Verdad usted que hace un rato yo tenía un cabreo de María Santísima por salir esta noche a hacer el papelón aquí... y encima con este vestido, hecha una «facha»...?

(La mano de PAULINO *sale del lateral y, de un brusco tirón, saca a* CARMELA *de escena. Tras unos segundos de airados cuchicheos, reaparece* PAULINO *frotándose las muñecas y tratando de recobrar su dignidad.)*

PAULINO.—Bien, señores... Ustedes nos sabrán disculpar por... Pero, claro, la magia tiene sus quisicosas que... En fin, vamos a continuar la velada con... *(Mira los papeles.)* con... sí, con ese mundo tan nuestro y tan castizo de... ¡la zarzuela! Sí, señores: Carmela y un servidor... Carmela... *(Gestos al lateral.)* y un servidor vamos a cantar para ustedes... para ustedes, el famoso dúo... el famoso dúo... ¡Carmela! *(Con falso humor, al público.)* Para un dúo se necesitan dos, por lo menos... ¿no? ¡Carmela!

CARMELA.—*(Entra, finalmente, realizando complicadas operaciones en la parte superior de su vestido.)* ¡Ya voy!... *(Y añade en susurro.)* So bruto.

PAULINO.—*(Al público.)* ¡Aquí la tenemos... por fin! *(Susurrando.)* ¿Qué pasaba?

CARMELA.—*(Igual.)* El sostén.

PAULINO.—¿Qué?

CARMELA.—El sostén... que me lo has roto, del tirón...

PAULINO.—¿Y qué has hecho?

CARMELA.—¿Qué voy a hacer? Me lo he quitado...

PAULINO.—*(Inquieto.)* Ve con ojo, no vayas a dar un espectáculo...

CARMELA.—Tuya será la culpa.

PAULINO.—*(En voz alta, al público.)* Bueno, señores... Resuelto felizmente un... un pequeño problema... técnico... pasamos sin más demora... a nuestro siguiente número, que es, como les estaba diciendo, el famoso dúo de Ascensión y Joaquín, de la zarzuela «La del manojo de rosas»... *(A* CARMELA.*)* ¿Preparada? *(Ella asiente. Hacia el lateral.)* ¿Preparado? *(Hacia el fondo de la sala.)* ¿Preparati?... Quiero decir... ¿Tuto presto, mio tenente? *(Cambio de luces.)* Andiamo súbito... *(Interpretando, a* CARMELA.*)* «Quiero "decirla" una cosa.»

CARMELA.—*(Ídem.)* «Dígame usted lo que sepa, porque yo lo escucho todo.»

PAULINO.—«¿Todo?»

CARMELA.—«Lo que no me ofenda.»

PAULINO.—«Antes de ofenderla yo, que se me caiga la lengua. Si yo...»

CARMELA.—«¿Qué?»

PAULINO.—«Si yo...»

CARMELA.—«Termine. ¿Le da miedo?»

PAULINO.—«No lo crea. Lo que tengo que "decirla" se lo digo por las buenas.»

(Canta.)

«Hace tiempo que vengo al taller,
y no sé a qué vengo.»

CARMELA.—*(Ídem.)* «Eso es muy alarmante,
eso no lo comprendo.»

PAULINO.— «Cuando tengo una cosa
que hacer, no sé lo que hago.»

CARMELA.— «Pues le veo cesante,
por tumbón y por vago.»

PAULINO.— «En todas partes te veo.»

CARMELA.— «Y casi siempre en mi puerta.»

....

(Siguen cantando el famoso dúo y, durante la interpretación, CARMELA *va dando signos visibles de desasosiego, mientras mira nerviosa hacia la zona de la sala en que están los milicianos. Al terminar el número —o quizá antes—,* CARMELA *parece haber llegado a una resolución: se dirige secamente al público, ante el estupor de* PAULINO.*)*

CARMELA.—Y con este bonito dúo, señores militares, se acabó la fiesta... Porque me ha venido la regla muy fuerte, y me estoy poniendo malísima...

PAULINO.—*(Susurra, alarmado.)* ¿Qué dices, loca? *(Al público, tratando de frivolizar.)* Otra salida de la... incorregible Carmela, que tiene la lengua muy suelta... Disculpen un momentito... *(Sale de escena, arrastrando furioso a* CARMELA. *Se les oye discutir entre bastidores, distinguiéndose frases como.)*

VOZ DE CARMELA.—¡Te digo que no lo hago!

VOZ DE PAULINO.—¡Que sí!

VOZ DE CARMELA.—¡Que no!

VOZ DE PAULINO.—¡Que te cambies!

VOZ DE CARMELA.—¡No me cambio!

VOZ DE PAULINO.—¡Tienes que salir!

VOZ DE CARMELA.—¡No me da la gana!

VOZ DE PAULINO.—¡Gustavete, a cambiarla!

VOZ DE CARMELA.—¡Ni se te ocurra, Gustavete!

VOZ DE PAULINO.—¡Aquí mando yo, que soy el director de la compañía!

(Tras otras frases ininteligibles, entra PAULINO *muy alterado, tratando de controlarse.)*

PAULINO.—*(Al público.)* Y ahora sí, señores... Ahora sí que vamos a interpretar para ustedes un gracioso diálogo arrevistado..., aunque no es el que he dicho antes, porque antes me he equivocado, ya se han dado cuenta... Pues bien, sí: de la divertida comedia frívola y musical «El Doctor Toquemetoda»... que con tanto éxito se representó en Madrid, hace dos temporadas, hemos escogido un gracioso y picante diálogo... que el teniente Ripamonte ha tenido la... la ocurrencia de... arreglar, para adaptarlo a las cosas de hoy en día... *(Lanza miradas, entre inquieto y encolerizado, al lateral.)* Claro, que... resulta que... es decir... puede que no salga tan gracioso... porque resulta que... Bueno, que Carmela se encuentra algo indispuesta... *(Intenta sonreír.)* Ya saben: cosas de mujeres... Y es posible que nos quede... algo deslucido... *(Enérgico, para* CARMELA.*)* Pero, lo que es hacerlo, lo haremos... ¡Vaya si lo haremos! De «pe» a «pa»... ¡No faltaría más! Y ahora mismito... *(Hacia la «cabina».)* ¡Luci, mio tenente! *(Nuevo cambio de luces.* PAULINO *gira sobre sí mismo y se coloca las gafas y una nariz postizas. Pasea por escena interpretando a un doctor ligeramente afeminado. Se dirige a un interlocutor invisible.)* Que vuelvan mañana, enfermera. ¿Me oye usted? Hoy ya no recibo a nadie más. Que se vayan todas, todas... *(Monologa.)* ¡Qué barbaridad! Este éxito profesional va a acabar conmigo. Todos los días, la consulta llena... Y el noventa y nueve por ciento de los pacientes... ¡«pacientas»!... Quiero decir: señoras, mujeres, hembras... De toda edad, condición y estado: casadas, solteras, viudas, separadas, jóvenes y viejas, vírgenes, mártires... ¡Qué martirio, el mío! Y seguro que la culpa la tiene ese maldito apellido, que las atrae como moscas: Serafín Toquemetoda... ¡Qué cruz! *(Hacia arriba.)* ¡Papá: te odio! ¿Por qué no te llamabas Fernández, como todo el mundo? *(Hacia el lateral.)* Váyase usted también, enfermera. No voy a necesitar sus servicios hasta mañana... *(Para sí.)* Sus servicios... ¡Otra que tal! Más que una enfermera, parece una modelo de ropa interior. A la menor ocasión, ¡apa! ya me está enseñando la combinación... Y las pausitas que hace, cada vez que me llama... *(Remedando una voz femenina.)* «Doctor... Tóqueme... Toda...». ¡Qué desvergüenza! *(Suenan unos golpes en el lateral.)* ¡Llaman a la puerta! ¿Quién podrá ser?

VOZ DE CARMELA.—*(Evidentemente sin ganas, mientras suenan nuevos golpes.)* ¡Ábrame la puerta, por favor, doctor!

PAULINO.—¡No estoy! Quiero decir... ¡no está! ¡El doctor no está!

VOZ DE CARMELA.—¿No es usted el doctor Toquemetoda?

PAULINO.—No, señora... Soy su ayudante. El doctor se fue hace mucho rato.

VOZ DE CARMELA.—No importa. Ábrame, que es un caso de vida o muerte.

PAULINO.—Entonces no le sirvo, porque yo sólo sé recetar Ceregumil.

VOZ DE CARMELA.—Si no me abre, me quedaré en la puerta hasta que venga mañana el doctor.

PAULINO.—*(Para sí.)* ¡Cielos, qué compromiso! No tengo más remedio que dejarla entrar y, como sea, hacerla salir... *(Finge abrir una puerta en el lateral.)* Pase usted, señora. Pero ya le digo que yo...

(Entra CARMELA *cubierta con un abrigo largo. Toda su actuación es, evidentemente, forzada, mecánica, reprimiendo un creciente malestar.)*

CARMELA.—Usted es el doctor Toquemetoda. No pretenda engañarme. Le reconozco por las fotos de los periódicos.

PAULINO.—¿No me confunde usted con el doctor Marañón, que sale mucho?

CARMELA.—Salir, sí que sale. Pero me han dicho que entrar, entra muy poco...

PAULINO.—Y usted, ¿qué es lo que tiene?

CARMELA.—¿Yo? Calenturas.

PAULINO.—Vaya, vaya... Conque calenturas...

CARMELA.—Sí, doctor: calenturas. Póngame usted su termómetro, y las notará.

PAULINO.—Pues es que resulta que tengo el termómetro... estropeado.

CARMELA.—Usted póngamelo, y verá cómo se lo hago funcionar.

PAULINO.—Y, además de eso, ¿tiene usted algún otro síntoma?

CARMELA.—Muchos tengo, doctor. Pero será mejor... *(Vacila.)* Será mejor... *(Queda callada, en actitud hosca.)*

PAULINO.—*(Improvisando.)* Sí, será mejor que... *(Cada vez más inquieto, trata de inducir a* CARMELA *a continuar.)* Que se quite la ropa, ¿no?... para que pueda reconocerla... *(Venciendo su resistencia, le quita el abrigo: su cuerpo está envuelto en una bandera republicana.* PAULINO *vuelve a su papel, alterado por la actitud de* CARMELA.*)* Vaya, vaya... Estos colores no me gustan nada... Se nota que ha tenido usted... alguna intoxicación.

CARMELA.—*(Cada vez más a disgusto, lanzando miradas a la supuesta zona de los prisioneros.)* Tiene razón, doctor... Pero la cosa me viene... de nacimiento...

PAULINO.—¿Cómo es eso? *(Ante el silencio de* CARMELA.*)* Diga, diga... ¿Cómo es...?

CARMELA.—*(De un tirón.)* Verá usted, doctor, yo nací de un mal paso, ya me entiende, de un descuido.

PAULINO.—Comprendo: de un resbalón abrileño. En primavera, ya se sabe... Y, sin duda, de ese mal nacimiento, le vino una mala crianza... *(Silencio de* CARMELA, PAULINO *improvisa lo que, sin duda, es el papel de ella.)* Seguro que... alguna de sus nodrizas... le debió pasar mala leche...

CARMELA.—*(Seca.)* Eso mismo.

PAULINO.—*(Asumiendo cada vez más las réplicas que ella no dice.)* Y seguro que... a los pocos meses... empezaron a salirle... ¿Qué, qué? Diga... Manchas rojas en la piel, ¿verdad?

CARMELA.—*(Igual.)* Eso mismo.

PAULINO.—*(Sudando por el esfuerzo de salvar la dudosa comicidad de la escena.)* Y como era tan enfermiza, ¿no es verdad?, pues todos querían darle remedio... ¿No es así?... Y unos se lo daban por delante... y otros se lo daban por detrás... *(Manipulando obscenamente a* CARMELA.*)* Unos por delante y otros por detrás, unos por delante...

(De pronto, desde un lugar indeterminado —quizá desde la sala—, entonada por voces masculinas en las que se adivinan acentos diversos, se escucha la canción popular republicana.)

El ejército del Ebro,
rumba, la rumba, la rumba, va
una noche el río pasó,
ay Carmela, ay Carmela... (etc.)

CARMELA.—*(Desprendiéndose violentamente de* PAULINO.*)* ¡Vete a darle por detrás a tu madre! *(Y se une al canto de los milicianos, al tiempo que abre y despliega la bandera alrededor de su cuerpo desnudo, cubierto sólo por unas grandes bragas negras. Su imagen no puede dejar de evocar la patética caricatura de una alegoría plebeya de la República.)*

PAULINO.—*(Aterrado.)* ¡Carmela! ¡Los... el... las... las tetas!

(Todo ha sucedido muy rápidamente, al tiempo que la luz ha comenzado a oscilar y a adquirir tonalidades irreales. También el canto —y otros gritos y golpes que intentan acallarlo— suena distorsionado. PAULINO, *tratando desesperadamente de degradar la desafiante actitud de Carmela, recurre a su más humillante bufonada: con grotescos movimientos y burdas posiciones, comienza a emitir sonoras ventosidades a su alrededor, para intentar salvarla haciéndola cómplice de su parodia.)*

PAULINO.—*(Improvisa, angustiado y falsamente jocoso.)* ¡Éstos son los aires... que a usted le convienen...! ¡Y estas melodías... las que se merece! ¡Tome por aquí...! ¡Tome por acá...! ¡Do, mi, re, la, sol... si, re, do, mi, fa!

(La luz se extingue, excepto una vacilante claridad sobre la figura de CARMELA. *También decrecen las voces y sonidos de escena,*

al tiempo que se insinúan, inquietantes, siniestros, los propios de un fusilamiento: pasos marciales sobre tierra, voces de mando, una cerrada descarga de fusilería. Mientras se apagan los ecos, se hace totalmente el oscuro.)

EPÍLOGO

Sobre el oscuro, se escucha la voz de PAULINO *que, desde fuera de la escena, grita: «¡Ya voy, ya voy...!». Se escucha el «clic» y se enciende la luz de ensayos. Entra* PAULINO *acabando de ponerse una camisa azul y con una escoba bajo el brazo.*

PAULINO.—*(Habla hacia el fondo de la sala.)* Ya voy... Es que me estaba poniendo esto... *(Bromea, inseguro.)* ¿Me sienta bien?... *(Serio.)* Bueno, ya está... *(Examina el escenario, siempre hablando con el supuesto ocupante de la «cabina».)* O sea: barrer esto, fregar un poco, poner los cinco sillones, las banderas, el crucifijo... Ah, y las colgaduras... Eso está hecho... Y luego... sí: llevar a arreglar la gramola, no nos vaya a fallar... *(Empieza a barrer.)* En una hora, todo listo. Y si me empeño, hasta puedo encontrar unas flores para adornar el crucifijo, o las banderas, o... Bueno: yo las consigo y tú me dices dónde las quieres, ¿eh, Gustavete?... Ahora que, si no te parece bien, nada de flores, como tú prefieras... Oye... *(Otea hacia el fondo.)* ¿Aún estás ahí? No se te olvide decirle al alcalde... Porque vas a la reunión ésa, ¿no?... Pues dile a don Mariano cómo me estoy portando, ¿eh? Tú ya sabes que a mí, voluntad no me falta... Que vean que conmigo se puede contar para lo que sea... Y, si se tercia, coméntale lo del puesto de conserje... Si me puedo sacar unas pesetas para ir tirando, al menos mientras dure la cosa... Luego, ya veremos lo que... Pero, en fin, lo principal es que sepan que soy de buena ley... Trigo limpio, vamos... ¿Me oyes? ¿Estás ahí, Gustavete? *(Otea y escucha.)* Vaya, hombre: otro que se despide a la francesa...o a la italiana... *(Sigue barriendo en silencio.)*

(Entra la luz blanquecina desde el lateral del fondo. A poco aparece CARMELA *con su traje de calle. Viene mordisqueando algo que guarda en la mano. Atraviesa todo el fondo lentamente, sin reparar en* PAULINO*, que tampoco advierte su presencia, y se detiene cuando está a punto de salir.* PAULINO*, que está barriendo el proscenio, se pone súbitamente a dar escobazos en el suelo, furioso.)*

¡Míralas qué ricas!... La madre que las parió... A este pueblo se lo van a acabar comiendo las hormigas... *(Se rasca el cuerpo.)* Y a mí, las chinches...

CARMELA.—*(Le mira y exclama, sorprendida.)* ¡Paulino!

PAULINO.—*(Tiene una reacción ambigua que, finalmente, se resuelve en seca hostilidad, y sigue barriendo.)* ¿Qué?

CARMELA.—Pero ¿qué te has puesto, hijo mío?

PAULINO.—¿Yo?

CARMELA.—Sí: la camisa ésa... ¡Qué mal te sienta!

PAULINO.—Pues ya ves...

CARMELA.—¿De dónde la has sacado?

PAULINO.—Me la han dado. La otra estaba ya...

CARMELA.—Pero ésta, con ese color tan...

PAULINO.—*(Hosco.)* A mí me gusta.

CARMELA.—Bueno, hombre, bueno... ¿Te pasa algo?

PAULINO.—¿A mí? Nada.

CARMELA.—Sí, conmigo... ¿Por qué me hablas así?

PAULINO.—No me pasa nada.

CARMELA.—¿Seguro?

PAULINO.—Seguro.

CARMELA.—Pues no levantes tanto polvo, hombre, que el suelo no te ha hecho nada... Vaya manera de barrer... Trae, déjame a mí... *(Va a cogerle la escoba; él la rechaza, brusco.)*

PAULINO.—¡No!... ¡Me pasa que ya estoy harto!

CARMELA.—¿De qué?

PAULINO.—¡De ti!

CARMELA.—¿De mí? ¿Estás harto de mí?

PAULINO.—Bueno... de ti, no. De... de esto... *(Gesto vago, que la incluye a ella.)* De lo que pasa en cuanto me quedo solo aquí... Tanto truco, tanta mentira...

CARMELA.—¿No te gusta que venga?

PAULINO.—¡No!... O sí, pero... ¡No, no me gusta!

CARMELA.—¿Por qué?

PAULINO.—*(Tras una pausa.)* Luego es peor...

CARMELA.—*(Tras otra pausa.)* O sea, que... ¿soy de mentiras?

PAULINO.—Tú me dirás...

CARMELA.—Pero estoy aquí, contigo...

PAULINO.—Bueno: estar...

CARMELA.—Dame un beso.

PAULINO.—¡Un beso! Vamos anda... No faltaría más... Un beso...

CARMELA.—Sí, dámelo: a ver qué pasa.

PAULINO.—A los muertos no se les da besos.

CARMELA.—Ya, pero... Uno sólo, a ver... *(Se le acerca.)*

PAULINO.—*(Se retira.)* ¿A ver, qué?

CARMELA.—¿Qué pasa? ¿Ahora me haces ascos?

PAULINO.—No, pero...

CARMELA.—¿Te crees que los gusanos los llevo encima?

PAULINO.—¡Qué cosas dices!

CARMELA.—Pues el asturiano, bien que me viene detrás...

PAULINO.—¿Qué asturiano?

CARMELA.—El de la cabeza abierta... Bueno, no es asturiano, pero casi: de Miranda de Ebro. Sólo que fue en Asturias donde... Pedro, se llama... Pedro Rojas.

PAULINO.—¿Y te va detrás?

CARMELA.—¡Y cómo!

PAULINO.—Menudo sinvergüenza... Pero a mí me da igual.

CARMELA.—Ah, te da igual...

PAULINO.—Claro: ése está tan muerto como tú... O más.

CARMELA.—Pues da unos achuchones que no veas...

PAULINO.—¿Achuchones? Y tú te dejas, claro... *(Reacciona, furioso.)* ¡Y a mí qué me importa! ¡Ya me estás enredando otra vez!

CARMELA.—¿En qué te enredo yo?

PAULINO.—¡En qué te enredo, dice!... Pero ¿tú crees que, a mi edad, voy a creer en fantasmas?

CARMELA.—Oye tú: sin faltar, que yo, de fantasma, nada.

PAULINO.—Pues si no eres un fantasma, y te me apareces por aquí, y resulta que estás muerta, y yo estoy vivo, y soy de verdad, y aquí nos tienes, peleándonos como siempre, pues... ¡a ver!

CARMELA.—A ver, ¿qué?

PAULINO.—*(Se rinde.)* Y yo qué sé...

CARMELA.—*(Tras una pausa, ofreciéndole lo que lleva en la mano.)* ¿Quieres?

PAULINO.—¿Qué es?

CARMELA.—Trigo.

PAULINO.—¿Trigo?

CARMELA.—Sí: un puñadico llevo.

PAULINO.—¿Y te lo comes así, crudo?

CARMELA.—Total, no le noto el sabor... Pero entretiene masticar... ¿Quieres?

PAULINO.—No, gracias... *(Nueva explosión de rabia.)* ¡A ver! ¡A que no te me apareces en la Calle Mayor, o en la Puerta del Pozo, o en el Economato, o en el Centro Agrícola...! Aquello sí que es de verdad... Allí sí que pasan cosas de verdad, como cuando llega el autobús con los que vuelven al pueblo, y los falangistas los reciben a palos... ¡O aquí mismo, ahora luego, con Gustavete delante...! O más tarde, que esto estará lleno de gente de verdad... Pero, no señora: ella se presenta aquí cuando estoy solo, y el teatro vacío, y encima quiere que me lo crea... ¡Y encima va y me cuenta los achuchones que le da ese Pedro Rojas!

CARMELA.—*(Bajito.)* También me ha dado esto... *(Saca una cuchara.)*

PAULINO.—¿Qué?

CARMELA.—Esta cuchara... Me ha regalado su cuchara...

PAULINO.—*(Estupor.)* Su cuchara... *(Estalla en carcajadas furiosas.)* ¡Su cuchara! ¡Pedro Rojas le ha regalado su cuchara! ¡Es para morirse! ¡Vean, señores! ¡El sinvergüenza descalabrado de Pedro Rojas le ha regalado a Carmela su cuchara! ¡No se lo pierdan!...

CARMELA.—Pues mira que a ti...

PAULINO.—*(Cesa súbitamente de reír.)* A mí, qué.

CARMELA.—*(Estalla en carcajadas.)* ¡Esa camisa que te han regalado!... ¡Que pareces una beata en Viernes Santo!

PAULINO.—*(Seco.)* No le veo la gracia.

CARMELA.—*(Riendo.)* ¡Porque no te has visto!... *(*PAULINO *se pone de nuevo a barrer, muy digno. Ella va dejando poco a poco de reír. Se acerca a él, conciliadora, y trata de quitarle la escoba. Él se resiste.)* Anda, dámela...

PAULINO.—*(Débilmente.)* No, déjame... *(Pero cede finalmente. Ella le da el puñado de trigo que lleva en la mano y se pone a barrer.)*

CARMELA.—Yo seré de mentiras, pero esto es barrer de verdad.

PAULINO.—*(Mirándola.)* Luego es peor...

CARMELA.—Es peor de todos modos... ¿O no?

PAULINO.—Ya, pero... *(Comienza distraídamente a comer granos de trigo.)* Claro, para ti es muy fácil: desapareces y se acabó... El que tiene que seguir aquí, y aguantar toda la mierda, soy yo. Tú no tienes idea de lo que está pasando... Las tropas ya se fueron del pueblo, y dicen que han tomado Quinto, Alcañiz, Caspe... Y que van a llegar al mar en unos días... Como no resista Cataluña.

CARMELA.—Ahora que dices Cataluña... Me he encontrado con dos catalanas muy sandungueras.

PAULINO.—Ah, ¿sí?

CARMELA.—Las dos se llaman Montse, claro... Pero no se parecen nada.

PAULINO.—Qué cosas...

CARMELA.—Una, la más joven, que es de Reus, dice que ya está bien de plantón, y que a ver si hacemos algo.

PAULINO.—¿Y qué vais a hacer, estando... como estáis?

CARMELA.—Ésa es la cosa. Porque dice Montse... pero la otra, la mayor... que hay muchas maneras de estar muerto...

PAULINO.—No me digas...

CARMELA.—Lo mismo que hay muchas maneras de estar vivo.

PAULINO.—Eso es verdad...

CARMELA.—Y, como dice Montse, si nos ponemos...

PAULINO.—¿Cuál?

CARMELA.—La joven, la de Reus... Pues que si...

PAULINO.—Y la otra, la vieja, ¿de dónde es?

CARMELA.—No es vieja, sólo que es mayor que Montse.

PAULINO.—Bueno, pues, ¿de dónde es esa Montse?

CARMELA.—¿Cuál?

PAULINO.—La mayor, la que no es de Reus...

CARMELA.—¿Y eso qué importancia tiene?

PAULINO.—No, ninguna... Es para no confundirlas.

CARMELA.—Pues no lo sé, no me lo ha dicho.

PAULINO.—Qué raro...

CARMELA.—¿Raro? ¿Por qué?

PAULINO.—Porque los catalanes, en cuanto te ven, te dicen: «Soy catalán de Manresa... o de Figueras... o de...».

CARMELA.—Bueno, pues Montse no me lo ha dicho, ya ves tú.

PAULINO.—Qué raro... A lo mejor, se hace pasar por catalana, y no lo es.

CARMELA.—Pero, vamos a ver, alma de Dios: ¿por qué se iba a hacer pasar por catalana, esa pobre mujer?

PAULINO.—Y yo qué sé... Ni la conozco... Pero hay gente muy rara por ahí...

CARMELA.—¡Tú sí que eres raro!

PAULINO.—La otra, en cambio, ya ves, enseguida: «Soy catalana de Reus». Lo normal.

CARMELA.—Pero, bueno, ¿a ti qué es lo que te interesa? ¿Lo que te iba a contar yo o su partida de nacimiento?

PAULINO.—Tienes razón: cuenta, cuenta...

CARMELA.—Ya no sé por dónde iba...

PAULINO.—Por Reus... Bueno, lo que decía la de Reus...

CARMELA.—Ah, sí... Pues decía Montse que podíamos ponernos a buscar a los que no se conforman con borrarse..., o sea, a los macizos, como les llama Montse... y juntarnos, y hacer así como un club, o una peña, o un sindicato..., aunque Montse dice que, de sindicatos, ya vale... Pero en eso la otra Montse se pone muy farruca, porque dice que...

PAULINO.—Oye.

CARMELA.—¿Qué?

PAULINO.—Ya me estoy liando... ¿qué Montse es la que dice que...?

CARMELA.—*(Rotunda.)* ¿Sabes lo que te digo?

PAULINO.—¿Qué?

CARMELA.—Que no se llaman Montse, ea. Ninguna de las dos. Ni son catalanas, ni de Reus, ni nada.

PAULINO.—Pues, vaya...

CARMELA.—La una es anarquista y la otra comunista, ea.

PAULINO.—Toma castaña.

CARMELA.—A ver si así te lías. Una de la FAI y otra del PSUC.

PAULINO.—¿Y no se han matado nada más verse?

CARMELA.—¿Cómo se van a matar, si ya están muertas? Al contrario: se han hecho la mar de amigas... Discuten mucho, eso sí, y se llaman de todo, y en catalán, ahí es nada... Pero sin llegar a las manos, porque ya, ¿para qué?

PAULINO.—Bueno, ¿y ese club...?

CARMELA.—O lo que sea, que ya se verá... Pues para hacer memoria.

PAULINO.—¿Qué quieres decir?

CARMELA.—Sí: para contarnos todo lo que pasó, y por qué, y quién hizo esto, y qué dijo aquél...

PAULINO.—¿Y para qué?

CARMELA.—Para recordarlo todo

PAULINO.—¿A quién?

CARMELA.—A nosotros... y a los que vayáis llegando...

PAULINO.—*(Tras una pausa.)* Recordarlo todo...

CARMELA.—Sí, guardarlo... Porque los vivos, en cuanto tenéis la panza llena y os ponéis corbata, lo olvidáis todo. Y hay cosas que...

PAULINO.—¿Lo dices por mí? ¿Crees que me he olvidado de algo?

CARMELA.—No, no lo digo por ti... Aunque, vete a saber... Tú deja que pase el tiempo y ya hablaremos...

PAULINO.—Ya hablaremos... ¿Cuándo?

CARMELA.—Bueno: es un decir.

(Hay un silencio. Quedan los dos ensimismados, como en ámbitos distintos.)

PAULINO.—Y cuando ése te achucha, ¿qué notas?

CARMELA.—Ya hablaremos... Allí.

PAULINO.—Di... ¿Qué notas?

CARMELA.—Iréis llegando todos allí, y hablaremos...

PAULINO.—Seguro que te pellizca el culo... ¿A que sí?

CARMELA.—Los unos y los otros...

PAULINO.—Los obreros, en cuanto ven un culo fácil... ¡zas!, pellizco.

CARMELA.—Por la metralla, o fusilados, o a palos...

PAULINO.—*(Le da un pellizco en el trasero.)* ¿Lo notas?

CARMELA.—O en la cama, de un catarro mal curado...

PAULINO.—¿No notas nada?... Si quieres, te dejo que me des un beso...

CARMELA.—Más pronto o más tarde...

PAULINO.—¿No me oyes? Bésame una vez, a ver qué pasa...

CARMELA.—En la guerra, o en la paz, o en otra guerra, o en...

PAULINO.—Pues te beso yo... *(Lo hace. Ella parece ausente.)* ¿Te gusta?

CARMELA.—Porque los vivos no escarmentáis ni a tiros...

PAULINO.—¿Te gusta, Carmela? ¿Notas algo? *(La besa otra vez.)*

CARMELA.—Ni a tiros...

PAULINO.—*(Irritándose.)* ¡Dime si notas algo, coño! *(La besa y abraza con violencia.)* ¿Qué?

CARMELA.—Pero allí os estaremos esperando...

PAULINO.—*(Furioso y asustado.)* ¿Por qué no me contestas? *(La zarandea.)* ¡Carmela, dime algo! ¡Mírame! ¿Qué te pasa?

CARMELA.—Y recordando... recordando...

PAULINO.—*(Le da una bofetada.)* ¡A ver si esto lo notas!

CARMELA.—Y ya hablaremos... Ya hablaremos...

PAULINO.—*(La sacude violentamente.)* ¡Y esto! ¡Y esto! *(La abraza con brutalidad.)* ¡Carmela!

CARMELA.—*(Mirando, sorprendida, la sala.)* ¡Míratelos!

PAULINO.—*(Sobresaltado, afloja el brazo y se vuelve.)* ¿Qué? ¿Quién hay ahí?

CARMELA.—Ahí, en la sala... *(Sonriente.)* Míralos...

PAULINO.—¿Quién? No hay nadie ahí...

CARMELA.—Sí... ¿No los ves? En la sala, tan frescos..

PAULINO.—¿Quiénes están en la sala?

CARMELA.—Los milicianos... Los de las brigadas: el polaco, los franceses, los americanos...

PAULINO.—*(Oteando, inquieto, la sala.)* No digas tonterías, Carmela...

CARMELA.—*(A los «milicianos».)* Hola, compadres...

PAULINO.—Carmela, por favor... Los fusilaron el otro día... y yo vi cómo los echaban en una zanja, con otros muchos...

CARMELA.—*(Sin escucharle.)* ¿Qué, a pasar el rato?

PAULINO.—Te digo que no hay nadie... Y mucho menos ésos...

CARMELA.—*(Igual.)* Lo mismo que yo... Aquí no se está mal.

PAULINO.—Por favor, Carmela... Ven conmigo, vámonos de aquí.

CARMELA.—Y ahora, mejor que la otra noche, ¿verdad?

PAULINO.—Pase que un vivo tenga visiones, pero... ¡que las tenga un muerto!

CARMELA.—¡Qué mal lo pasamos, eh! Porque yo, parecía contenta, cantando y bailando, pero... la procesión iba por dentro... Una, que es profesional...

PAULINO.—Esto es demasiado, Carmela... Yo me voy.

CARMELA.—No... *(Ríe.)* Eso de la procesión es una manera de hablar, una cosa que se dice aquí...

PAULINO.—Te digo que me voy, Carmela... Ya sólo falta que aparezca por aquí el descalabrado...

CARMELA.—¡Oye! ¿Y cómo es que nos entendemos?... Porque vosotros, no sé en qué me habláis, pero yo os entiendo... ¿Y a mí me entendéis? ¡Ay, qué gracia! *(Ríe.)* A ver si resulta que... como habéis muerto en España, pues ya habláis el español... ¡Qué ocurrencia!... Lo mismo que al nacer en un país... ¡Pues eso!

PAULINO.—No aguanto más, Carmela... Adiós... Ya hablaremos...

CARMELA.—*(Sigue muy divertida.)* Por lo menos, así, ya sabréis decir dónde habéis muerto... A ver, tú, polaco: di Belchite... Sí, eso es... Belchite... ¿Y Aragón, sabéis decirlo?... Aragón... No: A-ra-gón... Así: Aragón... España sí que lo decís bien, ¿verdad?... No... *(Risueña.)*

Así, no... Así: ña... España... ña... Si es muy fácil... España... España...

*(*PAULINO *ha cruzado la escena con la gramola, sin mirar a* CARMELA. *Inexplicablemente, comienza a escucharse la canción* ¡Ay, Carmela! PAULINO *se detiene, sobrecogido, mirando a su alrededor.* CARMELA, *que no parece escuchar su canción, continúa enseñando a pronunciar España...)*

OSCURO FINAL

PROPUESTAS DE TRABAJO

En esta edición ofrecemos una guía didáctica con diversas actividades y propuestas de ejercicios. Nuestros objetivos fundamentales a la hora de redactarla han sido los siguientes: trabajar de forma dinámica y lúdica los aspectos fundamentales de la obra teatral de José Sanchis Sinisterra; ampliar algunos puntos teóricos que puedan servir para profundizar en la lectura, y conectar una obra literaria de finales del siglo XX con los lectores del siglo XXI.

Para ello, hemos estructurado esta guía con ejercicios previos a la lectura de la obra, con tareas para realizar mientras se lee la pieza y con actividades para reforzar su comprensión al terminar la lectura. El enfoque metodológico que se ha seguido ha partido de la interdisciplinariedad y del trabajo colaborativo, y ha concedido un peso específico a las nuevas tecnologías.

1. ACTIVIDADES PARA TRABAJAR ANTES DE LA LECTURA

1.1. *¿Qué sé sobre José Sanchis Sinisterra?*

¡Hagamos *brainstorming*! Piensa en ideas, conceptos e imágenes que asocies al dramaturgo español. Esta actividad se puede desarrollar de forma presencial (en clase, con el profesor) o en línea, de forma digital (en un foro adscrito a vuestro blog del aula, por ejemplo). Asimismo, puede hacerse individualmente como una tarea de autoevaluación inicial, pero sería recomendable llevarla a cabo en grupo. Se trata de una actividad de aprendizaje colaborativo en la que se elaborará una lista entre todos de ideas que asociéis a la figura y la obra de José Sanchis Sinisterra.

Cuando hayas acabado de leer *¡Ay, Carmela!*, podrás recuperar esta lista de ideas, para ver si estabas o no en lo cierto y para descubrir cómo ha cambiado tu lectura de la obra.

1.2. *La España de la Transición y la memoria histórica*

Busca información (individualmente o en pequeños grupos) sobre los siguientes aspectos de la época de nuestro escritor:

a. ¿Cómo se llevó a cabo el proceso de transición política entre la dictadura franquista y la nueva democracia española?

b. ¿Cuáles han sido las características de la gestión política de la memoria histórica en nuestro país? Comparad las políticas gubernamentales de las últimas décadas del siglo XX y de la primera del siglo XXI.

c. ¿Qué debates morales e ideológicos han surgido alrededor de la cuestión de la memoria histórica? Buscad artículos de periódico y comentadlos entre todos en clase.

d. ¿Qué relación podéis establecer entre el proceso de la memoria histórica y la literatura española? Buscad obras (novela, poesía, teatro, cine) que traten sobre la guerra civil española.

A continuación, elabora una presentación con MyDocumenta (<http://www.mydocumenta.com>) que podrás colgar en el blog de clase.

Todas las actividades que planteamos en esta guía tienen una contrapartida analógica, manual: en este caso, se pueden elaborar murales con cartulinas de colores y decorar así la clase.

1.3. *La guerra civil y* ¡Ay, Carmela!

Sanchis Sinisterra crea y estrena su obra cuando ya está instaurada la nueva democracia, pero ésta está históricamente ambientada en plena guerra civil española. Responde (individualmente o en un pequeño grupo) a las siguientes cuestiones, a partir de una rigurosa búsqueda de información:

a. ¿Cuál era el sistema político qué existía en España antes de la guerra civil? Describe brevemente sus características y evolución histórica.

b. Dibuja en mapas mudos de España la evolución territorial de los dos bandos (republicano y sublevado) durante la guerra civil.

c. Busca información sobre la operación de las tropas sublevadas contra Aragón y sitúa en el mapa correspondiente a 1938 las principales localidades que aparecen en *¡Ay, Carmela!*

d. Crea una tabla y sitúa allí los distintos partidos o facciones políticas que secundaban cada uno de los dos bandos (republicano y sublevado).

e. ¿Qué supuso la llegada de las Brigadas Internacionales? ¿Qué ideología tenían? Busca información y testimonios reales sobre este fenómeno.

1.4. *El género literario de* ¡Ay, Carmela!

a. ¿Qué características formales tiene una obra de teatro que la distinguen de otros géneros literarios?

b. Define los siguientes conceptos a partir de la consulta del *Diccionario* de la Real Academia Española: acotación, diálogo, escenografía, atrezo, bambalinas, tramoyista, monólogo, aparte, acto.

c. ¿Cuál es la función original del teatro? ¿Qué relación puedes establecer con el objetivo de Sanchis Sinisterra?

d. Busca información sobre Bertolt Brecht y Samuel Beckett. ¿De qué forma influyen en *¡Ay, Carmela!*?

1.5. *Cinefórum*

Escoged alguna de estas películas para visionarla en clase, con la guía de vuestro profesor:

- *Tierra y libertad* (1995), de Ken Loach
- *La lengua de las mariposas* (1999), de José Luis Cuerda
- *Soldados de Salamina* (2003), de David Trueba
- *Las trece rosas* (2007), de Emilio Martínez-Lázaro

Organizad un debate para comentar la película e intentad extraer la información histórica presente en ella.

1.6. *El metateatro*

El prefijo griego *meta* suele significar «más allá de». Así, *metáfora* quiere decir «más allá del significado» y *metafísica*, «más allá de la física». Esa acepción del prefijo se ha ampliado con el paso del tiempo y a veces se aplica a otros conceptos con un significado parecido a «que abarca» o «que trasciende». Por ejemplo, si hablamos de *metalenguaje*, trataremos cuestiones que abarcan el lenguaje como objeto central. *Metaliteraria* puede ser una obra que tiene como tema principal o secundario la propia literatura. Una novela puede ser *metanarrativa* o *metaliteraria* si habla del hecho de escribir o está protagonizada por un personaje que es escritor.

En consecuencia, *metateatral* es un adjetivo que se aplicará a obras dramáticas que incluyan personajes que son actores o pequeñas piezas de teatro dentro de sí mismas. En el caso de *¡Ay, Carmela!*, los dos protagonistas son actores y realizan, en el marco de la obra, la representación de la Velada Artística. De ahí que la podamos calificar de metateatral.

Intenta aplicar de forma creativa el esquema anterior y escribe un breve diálogo teatral en el que debes insertar la cuestión metateatral.

1.7. *El teatro de variedades*

Busca información e imágenes acerca de lo que conocemos como teatro de variedades. Intenta responder al siguiente esquema de preguntas, que puede servirte como guía:

- ¿Qué tipo de espectáculos incluía el teatro de variedades?
- Busca actores y actrices de distintas épocas que participaran en este tipo de espectáculos (ayúdate de imágenes gráficas o vídeos).
- ¿Qué perfil de público acudía a ver el teatro de variedades?
- ¿En qué teatros españoles importantes se solía representar?
- ¿Puedes establecer algún tipo de relación entre el teatro de variedades y alguna tipología de progra-

ma televisivo? Buscad algún ejemplo, visionadlo en clase y plantead cuestiones acerca de la calidad artística de dicho programa.

1.8. *El cartelismo gráfico: imagen y propaganda durante la guerra civil*

Los dos bandos (republicano y sublevado) desarrollaron importantes campañas gráficas de propaganda política para lograr una mayor adhesión de sus gentes y para elevar la moral de las tropas.

Buscad información en la siguiente página: <http://www.arte.sbhac.net/Carteles/Carteles.htm>, e investigad sobre los valores y núcleos temáticos fundamentales que aparecen en dichos carteles.

2. ACTIVIDADES PARA TRABAJAR DURANTE LA LECTURA

2.1. *¿De dónde procede* ¡Ay, Carmela!*?*

La exclamación del título, transformada en lamento si tenemos en cuenta el final de la obra, viene del estribillo de una popular canción, muy extendida entre las tropas republicanas durante la guerra civil española y titulada *El paso del Ebro*:

El Ejército del Ebro
¡Rumba, la rumba, la rumba, va!
Una noche el río pasó,
¡Ay, Carmela, ay, Carmela!

Y a las tropas invasoras
¡Rumba, la rumba, la rumba, va!
Buena paliza les dio,
¡Ay, Carmela, ay, Carmela!

El furor de los traidores
¡Rumba, la rumba, la rumba, va!
Lo descarga su aviación,
¡Ay, Carmela, ay, Carmela!

Pero nada pueden bombas
¡Rumba, la rumba, la rumba, va!
Donde sobra corazón,
¡Ay, Carmela, ay, Carmela!

Contraataques muy rabiosos
¡Rumba, la rumba, la rumba, va!
Deberemos resistir,
¡Ay, Carmela, ay, Carmela!

Pero igual que combatimos
¡Rumba, la rumba, la rumba, va!
Prometemos resistir,
¡Ay, Carmela, ay, Carmela!

Leed la canción en clase y responded a las siguientes preguntas:

a. ¿Qué era el Ejército del Ebro? ¿En qué circunstancias de la guerra civil se ambienta esta canción?

b. ¿Por qué se destaca la aviación del bando sublevado?

c. Analiza métricamente el texto. ¿Con qué tipo de género lírico puedes vincular esta canción?

d. Escucha la versión musical de la canción: <https://www.youtube.com/watch?v=bG4a4OB1AW0>.

e. ¿Cómo explicas la creación de poemas, obras de teatro, canciones..., durante unas circunstancias tan trágicas como las de la guerra civil española? ¿Qué función adquieren estas creaciones artísticas?

f. Buscad canciones de la guerra civil española y cread un póster colaborativo en internet (con herramientas como MyDocumenta o prezi.com) con las letras y los archivos de audio.

2.2. *La temporalidad del absurdo en la obra teatral*

Cuando en el primer acto de *¡Ay, Carmela!*, Paulino trata de comprender racionalmente la aparición de Carmela, fusilada días antes, se nos está planteando un conflicto filosófico de larga tradición literaria: la relación entre lo racional y lo irracional, entre la realidad y la ficción. Sanchis Sinisterra cuestiona que la razón sea un método de conocimiento que funciona siempre y defiende la posibilidad de que, a partir de lo absurdo, de la sinrazón, de la ficción, alcancemos una verdad mayor o inaccesible por caminos racionales. Así, el encuentro imposible entre Carmela muerta y Paulino vivo hace posible la revelación de una verdad: la necesaria defensa de la memoria frente al olvido.

El tiempo es una coordenada que sigue, en nuestra civilización, parámetros racionales. Entendemos el tiempo como una línea que va del antes al después, pasando por el ahora; del pasado al futuro, pasando por el presente.

> ***Para saber más...***
> Civilizaciones tan antiguas como la de los aztecas (que vivían en el actual México) concebían el tiempo como una fuerza circular, cíclica. En el siglo XIX, el filósofo Friedrich Nietzsche recuperaría esta idea para crear su mito del eterno retorno. A finales del mismo siglo, otro filósofo, Henri Bergson, planteó una revisión del concepto del tiempo y cuestionó su linealidad y que las distintas fases temporales fueran compartimentos estancos; es decir, defendió que el pasado podía continuar en el presente, e incluso anticipar cuestiones futuras.
>
> De ahí, el verso de Antonio Machado: «Hoy es siempre todavía».

Elabora un diagrama con las alteraciones temporales que se suceden a lo largo de los dos actos y el epílogo de *¡Ay, Carmela!*

2.3. *El espacio en* ¡Ay, Carmela!

Existen tres niveles de espacio en la obra de Sanchis Sinisterra:

1. El espacio teatral: que se subdivide entre la escena (espacio visible) y tras los bastidores (espacio invisible).

2. El espacio geográfico real: Belchite y otros pueblos aludidos de la geografía aragonesa.

3. El espacio irreal *post mortem*: descrito en ocasiones por Carmela.

Repasa los fragmentos con información espacial de la obra y responde a las siguientes preguntas:

a. ¿Quién habita el espacio escénico? ¿Y qué personajes están tras los bastidores?

b. Describe cómo es el espacio habitado por los muertos.

2.4. *¡Comparemos literatura!*

El humor de *¡Ay, Carmela!* es deudor de la comicidad presente en la obra de Samuel Beckett e incluso en películas como las de Charles Chaplin. Hay situaciones que rozan lo absurdo o entran de lleno en él.

Lee este fragmento de *Esperando a Godot* (1952) de Samuel Beckett:

> *(Cada uno coge una punta de la cuerda y tiran. La cuerda se rompe. Están a punto de caer.)*
> VLADIMIR.—No sirve para nada.
> *(Silencio.)*
> ESTRAGON.—¿Dices que mañana hay que volver?
> VLADIMIR.—Sí.
> ESTRAGON.—Pues nos traeremos una buena cuerda.
> VLADIMIR.—Eso es.
> *(Silencio.)*
> ESTRAGON.—Didi.
> VLADIMIR.—Sí.
> ESTRAGON.—No puedo seguir así.

VLADIMIR.—Eso es un decir.

ESTRAGON.—¿Y si nos separásemos? Quizá sería lo mejor.

VLADIMIR.—Nos ahorcaremos mañana. *(Pausa.)* A menos que venga Godot.

ESTRAGON.—¿Y si viene?

VLADIMIR.—Nos habremos salvado.

(Vladimir se quita el sombrero —el de Lucky—, mira el interior, pasa la mano por dentro, se lo sacude, se lo cala.)

ESTRAGON.—¿Qué? ¿No vamos?

VLADIMIR.—Súbete los pantalones.

ESTRAGON.—¿Cómo?

VLADIMIR.—Súbete los pantalones.

ESTRAGON.—¿Que me quite los pantalones?

VLADIMIR.—Súbete los pantalones.

ESTRAGON.—Ah, sí, es cierto.

(Se sube los pantalones. Silencio.)

VLADIMIR.—¿Qué? ¿Nos vamos?

ESTRAGON.—Vamos.

(No se mueven.)

[Barcelona: Barral, 1972. Trad. Ana María Moix.]

Responde a las siguientes cuestiones y realiza la comparación entre el fragmento anterior y el primer diálogo entre los dos protagonistas del primer acto de *¡Ay, Carmela!*:

a. ¿Los diálogos siguen algún tipo de lógica causa-efecto o de secuencia temporal?

b. ¿A partir de qué situaciones se produce la comicidad?

c. ¿El teatro del absurdo es simplemente caótico, divertido e irreal? ¿O tiene algún tipo de mensaje reflexivo?

2.5. *Intertextos: literatura culta y literatura popular*

> ***Para saber más...***
> La **intertextualidad** es un concepto teórico, cuyo origen se encuentra en la obra de Mijaíl Bajtín, que explica la relación establecida entre un texto A y otros textos B, C, D. Pueden ser orales o escritos, contemporáneos o anteriores.

Siguiendo esta noción de intertextualidad, podemos señalar que la faceta de investigador literario de Sanchis Sinisterra se introduce, irónicamente, en su tarea como creador teatral. ¿Por qué decimos «irónicamente»? Atendamos a los intertextos presentes en *¡Ay, Carmela!*:

- el pasodoble *Mi jaca*;
- la zarzuela *La del manojo de rosas*;
- el pasodoble *Suspiros de España*;
- el «Romance de Castilla en armas», de Federico de Urrutia;
- versos del *Romancero gitano*, de Federico García Lorca;
- homenaje implícito al personaje protagonista del poema «¡Viban los compañeros! Pedro Rojas» del poemario *España, aparta de mí este cáliz*, de César Vallejo.

Responded a las siguientes cuestiones:

a. Clasifica los textos citados más arriba en función de si pertenecen a la literatura culta o a la literatura popular.

b. ¿Qué valores ideológicos o políticos se hallan en cada una de esas piezas?

c. Escuchad y comentad entre todos las versiones musicales de los tres primeros títulos: *Mi jaca* (<https://www.youtube.com/watch?v=5smMTCFSJjk>); *La del manojo de rosas* (<https://www.youtube.com/watch?v=K3Ur5NRXT_w>); y *Suspiros de España* (<https://www.youtube.com/watch?v=SyUr1XdwACE>).

d. Leed el poema de Federico de Urrutia y señalad los símbolos y metáforas principales:

Por la parda geografía
de la tierra castellana
cara al sol de los trigales
los falangistas cantaban.

Allá en la plaza del pueblo,
bajo la iglesia dorada,
las mozas están llorando…
¡Madre, los mozos se marchan!

El traje de los domingos,
el trillo, el heno y la azada,
los caballos de la feria
y la novia que bordaba.
¡Todo ha quedado en la aldea
bajo la iglesia dorada!
—¿Por qué te vas a la guerra?
—¡Madre, la Patria me llama!

Ávila yace en silencio
en su muralla apretada.
Segovia en recogimiento

dormida bajo su Alcázar.
En Toledo se apagaron
los idilios de la Cava.
Burgos y Valladolid
marcharon a la cruzada.

Y quedó muda de amores
la Plaza de Salamanca.
Todos los hombres se fueron
al comenzar la batalla.

El Cid —lucero de hierro—
por el cielo cabalgaba,
con una espada de fuego
en fraguas del sol forjada.

El agua se volvió sangre
en el margen del Jarama.
Y cerca de San Servando
el Tajo, que antes bañaba
milagros de verde fruta
por la vega toledana,
mirando al Alcázar roto
por las noches suspiraba.
Cantos de trinchera bordan
los picos del Guadarrama,
y ya el alto del León
de los leones se llama.
En el Cerro de los Ángeles
que los ángeles guardaban,
¡han fusilado a Jesús!
¡Y las piedras se desangran!
¡Pero no te asustes, Madre!
¡Toda Castilla está en armas!

Madrid se ve ya muy cerca.
¿No oyes los gritos de Arriba España?
La hidra roja se muere
de bayonetas cercada.
Tiene las carnes abiertas
y las fauces desgarradas.

Y el Cid —lucero de hierro—
por el cielo azul cabalga…

Allá lejos, en el pueblo,
bajo la iglesia dorada,
junto al fuego campesino
miles de madres rezaban
por los hijos que se fueron
vestida de azul el alma.

¡No llores, madre, no llores,
que la guerra está ganada!
Y antes que crezcan los trigos
volveré por la cañada,
y habrá fiestas en el pueblo
y voltearán las campanas
y habrá alegría en las mozas,
y alegría en las guitarras
y desfiles por las calles
y tambores y dulzainas
y banderas de Falange
sobre la iglesia dorada.

¡Madrid se ve ya muy cerca!
La Falange se alzó en armas.
—Laurel en el rojo y negro
de sus banderas bordadas.

… Por la parda geografía
de la tierra castellana
clavadas en los fusiles,
las bayonetas brillaban.

El Cid, con camisa azul,
por el cielo cabalgaba…

e. Realizad la misma actividad, pero ahora con el poema «La casada infiel» del *Romancero gitano* de García Lorca:

Y que yo me la llevé al río
creyendo que era mozuela,
pero tenía marido.

Fue la noche de Santiago
y casi por compromiso.
Se apagaron los faroles
y se encendieron los grillos.
En las últimas esquinas
toqué sus pechos dormidos,
y se me abrieron de pronto
como ramos de jacintos.
El almidón de su enagua me
sonaba en el oído,
como una pieza de seda
rasgada por diez cuchillos.
Sin luz de plata en sus copas
los árboles han crecido,
y un horizonte de perros
ladra muy lejos del río.

Pasadas las zarzamoras,
los juncos y los espinos,
bajo su mata de pelo
hice un hoyo sobre el limo.
Yo me quité la corbata.
Ella se quitó el vestido.
Yo el cinturón con revólver.
Ella sus cuatro corpiños.
Ni nardos ni caracolas
tienen el cutis tan fino,
ni los cristales con luna
relumbran con ese brillo.
Sus muslos se me escapaban
como peces sorprendidos,
la mitad llenos de lumbre,
la mitad llenos de frío.
Aquella noche corrí
el mejor de los caminos,
montado en potra de nácar
sin bridas y sin estribos.
No quiero decir, por hombre,
las cosas que ella me dijo.
La luz del entendimiento
me hace ser muy comedido.
Sucia de besos y arena,
yo me la llevé del río.
Con el aire se batían las
espadas de los lirios.

Me porté como quien soy.
Como un gitano legítimo.
La regalé un costurero
grande de raso pajizo,
y no quise enamorarme

porque teniendo marido
me dijo que era mozuela
cuando la llevaba al río.

f. Compara el poema de César Vallejo y la versión musicada de Daniel Viglietti (<https://www.youtube.com/watch?v=b-hiQjSfv_g>) con la presencia del personaje en *¡Ay Carmela!*:

Solía escribir con su dedo grande en el aire:
«¡Viban los compañeros! Pedro Rojas»,
de Miranda del Ebro, padre y hombre,
marido y hombre, ferroviario y hombre,
padre y más hombre, Pedro y sus dos muertes.
Papel de viento, lo han matado: ¡pasa!
Pluma de carne, lo han matado: ¡pasa!
«¡Abisa a todos compañeros pronto!»

Palo en el que han colgado su madero,
lo han matado;
¡lo han matado al pie de su dedo grande!
¡Han matado, a la vez, a Pedro, a Rojas!
¡Viban los compañeros
a la cabecera de su aire escrito!
¡Viban con esta b del buitre en las entrañas
de Pedro y de Rojas, del héroe y del mártir!

Registrándole, muerto, sorprendiéronle
en su cuerpo un gran cuerpo,
para el alma del mundo,
y en la chaqueta una cuchara muerta.
Pedro también solía comer
entre las criaturas de su carne, asear, pintar

la mesa y vivir dulcemente
en representación de todo el mundo.
Y esta cuchara anduvo en su chaqueta,
despierto o bien cuando dormía, siempre,
cuchara muerta viva, ella y sus símbolos.
¡Abisa a todos compañeros pronto!
¡Viban los compañeros al pie de esta cuchara para siempre!
Lo han matado, obligándole a morir
a Pedro, a Rojas, al obrero, al hombre, a aquel
que nació muy niñín, mirando al cielo,
y que luego creció, se puso rojo
y luchó con sus células, sus nos,
sus todavías, sus hambres, sus pedazos.
Lo han matado suavemente
entre el cabello de su mujer, la Juana Vásquez,
a la hora del fuego, al año del balazo
y cuando andaba cerca ya de todo.
Pedro Rojas, así, después de muerto,
se levantó, besó su catafalco ensangrentado,
lloró por España.
y volvió a escribir con el dedo en el aire:
«¡Viban los compañeros! Pedro Rojas».

Su cadáver estaba lleno de mundo.

g. ¿Cuál es la posición moral del autor al hablar de unos autores y de otros?

2.6. *La parodia del lenguaje político*

Durante la guerra civil, ambos bandos (republicano y sublevado) desarrollaron un importante aparato propagandístico de difusión de sus ideas políticas, sociales, religiosas y morales. Las transmitían a través de distintos medios: la radio, los periódicos, las obras literarias, el cine, los carteles o las octavillas (hojas de papel que ocupan la octava parte de un pliego, con un mensaje político, que se repartían clandestinamente).

Los dos bandos crearon una forma de comunicación, un lenguaje específico, con una sintaxis determinada y, sobre todo, un léxico concreto, que permitía identificar a cada uno muy rápidamente.

En la presentación de la Velada Artística, Paulino realiza un parlamento, previamente pactado con el teniente italiano Ripamonte. Las numerosas confusiones, involuntarias, de Paulino generan la parodia del lenguaje político propio del bando sublevado:

> «Invictos salvadores de la Patria eterna: hoy, vosotros, cerebro, corazón y brazo del Glorioso Alzamiento que ha devuelto a España el orgullo de su destino imperial, habéis cumplido una proeza más, de las muchas que ya jalonan esta Cruzada redentora. En vuestra marcha invencible hacia la reconquista del suelo nacional, durante años manchado y desgarrado por la anarquía, el comunismo, el separatismo, la masonería y la impiedad, hoy habéis liberado por las armas esta heroica villa de Belchite. La Quinta División de Navarra del Cuerpo del Ejército Marroquí, bajo el mando del invicto general Yagüe, ha escrito con su sangre inmortal otra gloriosa página en el libro de oro de la Historia semi... sempi... sempiterna de España..., ese libro que inspira, dicta y encuaderna con pulso seguro y mano firme nuestro eguer...», no, «nuestro egre...», sí, «nuestro egregio», eso, «egregio Caudillo Franco, a quien esta noche que-

remos ofrendar...» *(Cambia de hoja)* «... cuatro kilos de morcilla, dos pares de ligas negras, dos docenas de...» *(Se interrumpe. Mira aterrado al público.)* No, perdón... *(Mira furioso a Carmela que, ausente, se está arreglando un zapato. Arruga la hoja y se la guarda en el bolsillo.)* Perdón, ha sido un error... *(Busca entre las hojas.)* Queremos ofrendar... ofrendar... ¡Aquí está! *(Lee.)* «... queremos ofrendar esta sencilla Velada Artística, Patriótica y Recreativa», eso es, «... con la que unos humildes artistas populares, la Carmela y el Paulino, Variedades a lo Fino... *(Ambos saludan.)* ... en representación de todo el pueblo español...» *(Sonríe, humilde.)* Bueno: de casi todo... *(Lee.)* «... español, guiados fraternalmente por un artista y soldado italiano, de la División Littorio del Corpo Trupe Volontarie... *(Señala hacia la "cabina".)* ... el Teniente Amelio Giovanni de Ripamonte, en representación del pueblo italiano, que es tanto como decir del alma joven, recia y cristiana de Occidente...» *(La extensión de la frase le hace perder el aliento y el hilo. Carmela lo advierte y le da aire con su abanico.)* ... Esto... Bueno... pues... «de Occidente, queremos honrar, agasajar y entretener a las tropas victoriosas del Glorioso Ejército Nacional de Liberación...» *(Se da cuenta de que ha acabado el párrafo y repite, cerrando el periódico.)* «... Nacional de Liberación.» Punto. *(Se excusa con forzada sonrisa.)* Perdonen, yo... Estas bellas palabras no... Quiero decir que el teniente las ha...

a. Se habla de «Glorioso Alzamiento» y de «Cruzada redentora». ¿Qué sentido tienen estos sintagmas?

b. Investiga sobre el sentido de la frase siguiente: «Quinta División de Navarra del Cuerpo del Ejército Marroquí».

c. ¿Qué problema tiene Paulino con las hojas que lee?

d. ¿En qué palabras tropieza Paulino? ¿A qué registro lingüístico pertenecen?

2.7. *Mirad con lupa: ¿qué información histórica se esconde tras los diálogos?*

Sanchis Sinisterra aprovecha los diálogos cómicos entre Paulino y Carmela para proporcionar, a través de la parodia, información histórica acerca de la guerra civil o la Segunda República. Investiga y relaciona los hechos históricos con las referencias que realizan sobre ellos los dos personajes:

a. «PAULINO.—Pero ¿desde cuándo te importa a ti un rábano la bandera de la República? ¿Qué más te da a ti burlarte de ella o de los calzoncillos de Alfonso XIII?» Explica el sentido de la alusión al último rey español antes de la proclamación, el 14 de abril de 1931, de la Segunda República Española.

b. ¿Qué significado puedes dar al siguiente equívoco de Paulino? «A continuación, vamos a presentarles un número portentoso, que ha causado la admiración de todos los públicos en París, Londres, Moscú... *(Se asusta.)* No: quiero decir... en Berlín... en Roma... en Salamanca... en Zamora... En fin, en muchos sitios...»

c. Busca la información histórico-política presente en el número final del «Doctor Toquemetoda». ¿Qué significa, por ejemplo, «resbalón abrileño» o «manchas rojas en la piel»?

d. Busca imágenes alegóricas de la República y compáralas con la improvisación de Carmela al final del número del «Doctor Toquemetoda». Acudid a la página web: <http://www.historiasiglo20.org/HE/13a-1-alegoriarepublica.htm>.

2.8. *Trabajemos la psicología de los personajes*

Elaborad una tabla con dos columnas, una para Paulino y otra para Carmela. Intentad responder, en ambos casos, a las siguientes cuestiones:

—¿En qué tipo de familia creció?
—¿Cuál es su origen geográfico?
—¿Cuál es su formación académica?
—¿Qué rasgo predomina en su carácter?
—¿Qué creencias religiosas tiene?
—¿Cuál es su ideología?
—¿Qué grado de empatía establece con los demás?

2.9. *Aprendizaje colaborativo y* ¡Ay, Carmela!

Dividid la clase en tres grupos y asignad un acto a cada uno (los dos actos y el epílogo). A continuación, abrid un foro (adjuntadlo al blog de la clase o utilizad la plataforma digital de vuestro colegio o instituto).

Cada grupo abrirá un «Tema de conversación» en el foro que lleve por título la parte de la estructura asignada. En vuestras entradas deberéis lanzar al grupo cuestiones de debate sobre vuestra parte del texto; habréis de exponer las ideas principales (los personajes, el lenguaje, el espacio, la trama, el tiempo, etcétera); y aventurar una posible interpretación del sentido y la intención del texto.

Esta actividad de aprendizaje colaborativo tiene dos objetivos fundamentales:

1. Entre todos, resumiréis las ideas y los motivos más importantes de *¡Ay, Carmela!*;

2. El foro será un espacio de interrelación: si no entendéis alguna palabra, si no estáis seguros del significado del texto, podréis preguntar al grupo, a vuestra clase, si alguien puede echaros una mano y ayudaros con vuestras dudas.

El profesor valorará no sólo la correcta exposición de las ideas de la obra, sino también que os hayáis ayudado mutuamente. Y, al final, habréis llevado a cabo, casi sin daros cuenta, una lectura colectiva de la obra teatral.

2.10. *Imagina a Carmela y a Paulino...*

Conviértete en artista por un día y elabora (en grupos, en parejas o individualmente) una tira cómica de un episodio o escena que te haya gustado especialmente de *¡Ay, Carmela!*

Esta actividad puede plantearse como proyecto grupal para toda una clase, con el objetivo de crear una versión gráfica de la obra de Sanchis Sinisterra.

3. ACTIVIDADES PARA TRABAJAR DESPUÉS DE LA LECTURA

3.1. *¡Resuelve el crucigrama!*

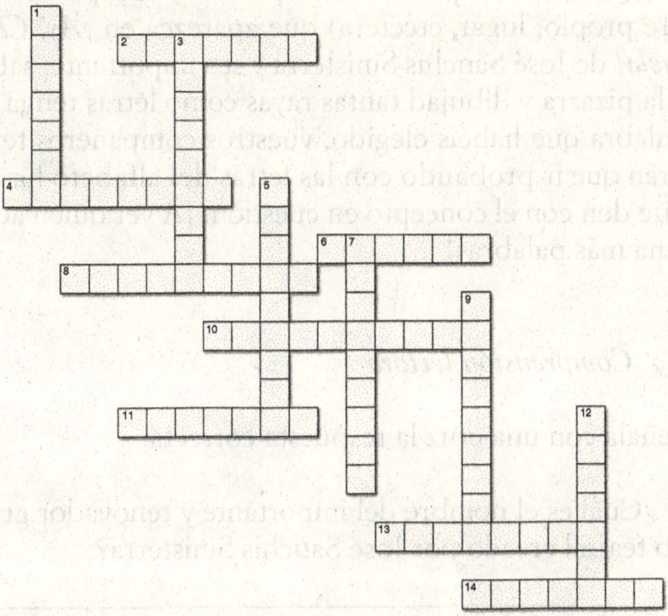

HORIZONTAL

2. Nombre de mujer que da título a la obra.
4. ¿Qué alimento van a comprar a Belchite Paulino y Carmela?
6. General que lideró las tropas sublevadas a partir de la segunda mitad de la guerra civil española.
8. Ayudante técnico de Paulino y Carmela.
10. Velada Artística, Patriótica y...
11. ¿Con qué se hace el vestido Carmela para su espectáculo?
13. Nombre del poeta con quien se encuentra Carmela una vez muerta.
14. ¿Qué le regala Pedro Rojas a Carmela?

VERTICAL

1. Personaje masculino protagonista.
3. Sistema de gobierno presente en España cuando estalla la guerra civil en 1936.
5. Nota descriptiva que ofrece información acerca del decorado y de los movimientos de los actores.
7. Apellido del teniente italiano.
9. ¿A qué género musical pertenece la canción *Suspiros de España*?
12. Aparato musical que aparece al principio del primer acto.

Os animamos a que intentéis otra versión de este crucigrama: ¡Jugad en clase al ahorcado!

Que cada uno piense en una palabra (concepto, nombre propio, lugar, etcétera) que aparezca en *¡Ay, Carmela!* de José Sanchis Sinisterra y sea importante; salid a la pizarra y dibujad tantas rayas como letras tenga la palabra que habéis elegido; vuestros compañeros tendrán que ir probando con las letras del alfabeto hasta que den con el concepto en cuestión. ¡A ver quién adivina más palabras!

3.2. *Comprensión lectora*

Señala con una cruz la respuesta correcta:

1. ¿Cuál es el nombre del importante y renovador grupo teatral creado por José Sanchis Sinisterra?

a. Los piojos	
b. Teatro del Exilio	
c. Teatro Fronterizo	

2. ¿En qué año se estrenó la obra teatral *¡Ay, Carmela!*?

a. 1987	
b. 1990	
c. 1980	

3. ¿De qué región española procede Carmela?

a. Extremadura	
b. Madrid	
c. Andalucía	

4. ¿De qué nacionalidad es el brigadista extranjero con quien más empatiza Carmela?

a. Francés	
b. Ruso	
c. Polaco	

5. ¿Cuál es el «don divino» de Paulino?

a. La voz	
b. El dominio de idiomas	
c. Los pedos	

6. ¿Qué primer pasodoble entra en escena en la Velada Artística, Patriótica y Recreativa?

a. *Suspiros de España*	
b. *Mi jaca*	
c. *España cañí*	

7. ¿Por qué sustituye Paulino la gramola del primer acto?

a. Un crucifijo	
b. Una radio	
c. Una escoba	

8. ¿Cómo se titula la canción de la que proviene el título de la obra?

a. *Castilla en armas*	
b. *A las barricadas*	
c. *El paso del Ebro*	

9. ¿De qué color es la camisa que luce Paulino al final de *¡Ay, Carmela!*?

a. Marrón	
b. Azul	
c. Negra	

10. ¿En qué pueblo aragonés se ambienta la trama de la obra?

a. Alcañiz	
b. Jaca	
c. Belchite	

3.3. *¿Quién es quién?*

A continuación observaréis cinco fragmentos de *¡Ay, Carmela!* Debéis identificar a quién pertenece cada texto, si a Paulino o a Carmela:

«No, doler, no. No me noto casi nada. Es como si... ¿Cómo te lo diría? Por ejemplo: cuando se te duerme una pierna, ¿verdad?, sí, la notas, pero como si no fuera tuya...».

«[...] ¿Verdad, alma mía, que te haces cargo? *(Gesto zalamero.)* Porque, es lo que yo digo: a estos señores no hay más que verles la cara para saber que entienden de arte fino, aunque se lo presenten deslucido y a trompicones, como ahora nosotros... [...]».

«[...] ¡Me cago en las hormigas de Dios! ¡Me cago en la puta madre de todas las hormiguitas de Dios y de la Virgen Santísima!...».

«(*Quitándole la palabra.*) Quiere decir, señores militares, que aquí el Paulino y la Carmela, para servirles, vamos a hacerles una gala, cosa fina, para que ustedes se lo pasen bien, y con la mejor voluntad, no faltaría más, aunque, ya ven: con una mano delante y otra detrás, como quien dice, porque nos han pillado de sopetón, y así, pues claro, poco lustre vamos a dar a esta jarana de la liberación [...]».

«Ya, pero... (*Comienza distraídamente a comer granos de trigo.*) Claro, para ti es muy fácil: desapareces y se acabó... El que tiene que seguir aquí, y aguantar toda la mierda, soy yo. Tú no tienes idea de lo que está pasando... Las tropas ya se fueron del pueblo, y dicen que han tomado Quinto, Alcañiz, Caspe... Y que van a llegar al mar en unos días... Como no resista Cataluña».

3.4. *Del texto teatral al guion cinematográfico*

Carlos Saura decidió emprender la versión cinematográfica de la magnífica obra teatral de Sanchis Sinisterra. Elaboró el guion junto con Rafael Azcona y logró el apoyo del productor de Andrés Vicente Gómez. La protagonizaron Carmen Maura, como Carmela; Andrés Pajares, como Paulino; y un joven Gabino Diego, como Gustavete (personaje mudo en la película). Se estrenó en 1990 y logró, entre otros galardones, el Goya a la mejor película.

Después de haber leído y trabajado la obra de teatro, visionad la película en clase con la guía de vuestro profesor. Analizad ambas obras de forma comparada, siguiendo la tutela de las siguientes cuestiones:

a. ¿Existen cambios en la trama?
b. El tratamiento del tiempo, ¿es parecido o desaparecen las alteraciones?
c. ¿Creéis que la pareja de actores está escogida adecuadamente? Comparadlos con las fotografías de los dos actores del estreno de *¡Ay, Carmela!*, Verónica Forqué y José Luis Gómez.

3.5. *¡Bailemos!*

Representad en clase las escenas de baile de la obra:

- Los dos pasodobles: *Mi jaca* y *Suspiros de España*;
- Y el baile «Dos pueblos, dos sangres, dos victorias», según las indicaciones escénicas.

3.6. ¡Ay, Carmela! *en el siglo XXI*

Desgraciadamente, existen en nuestro presente numerosos conflictos bélicos alrededor del mundo. Individualmente o en un grupo pequeño, escoged uno de ellos e investigad acerca del mismo para conocer sus causas, su naturaleza, los bandos enfrentados, las víctimas, etcétera. A continuación, redactad la trama de *¡Ay, Carmela!* pero completamente adaptada a las circunstancias del conflicto bélico que hayáis escogido.

Tened en cuenta que deberéis adecuar los siguientes parámetros:

- los nombres y el origen de los personajes;
- su psicología;
- el público que contempla la Velada Artística;
- la canción que da título a la obra y desencadena el final de la Velada, y la muerte de Carmela.

3.7. *Cambiemos el final de la obra...*

Barajad diversas opciones que sustituyan el final de la Velada Artística: la muerte heroica de los dos personajes; que consigan escapar ambos (o ellos y los brigadistas); etcétera.

Dividid la clase en pequeños grupos y escribid una nueva escena teatral para el número del «Doctor Toquemetoda» con el nuevo final.

4. LECTURAS COMPLEMENTARIAS

4.1. *Manifiesto (latente) del Teatro Fronterizo, José Sanchis Sinisterra*

I

Hay territorios en la vida que no gozan del privilegio de la centralidad.

Zonas extremas, distantes, limítrofes con lo Otro, casi extranjeras.
Aún, pero apenas propias.
Áreas de identidad incierta, enrarecidas por cualquier vecindad.
La atracción de lo ajeno, de lo distinto, es allí intensa.
Lo contamina todo esta llamada.
Débiles pertenencias, fidelidad escasa, vagos arraigos nómadas.
Tierra de nadie y de todos.
Lugar de encuentros permanentes, de fricciones que electrizan el aire.
Combates, cópulas: fértiles impurezas.
Traiciones y pactos. Promiscuidad.
Vida de alta tensión.
Desde las zonas fronterizas no se perciben las fronteras.

II

Hay gentes radicalmente fronterizas.
Habiten donde habiten, su paisaje interior se abre siempre sobre un horizonte foráneo.
Viven en un perpetuo vaivén que ningún sedentarismo ocasional mitiga y, además de la propia, hablan algunas lenguas extranjeras.
Se trata, generalmente, de aventureros frustrados, de exploradores mas o menos inquietos que, sin renegar de sus orígenes, los olvidan a veces.
No debe confundírseles con los conquistadores. Ni con los colonos. Es obvio que ni llevan banderas ni acarrean arados. Raramente prosperan o son enaltecidos.
Todo lo más, acampan en la vida hasta que comienza a hacérseles familiar el entorno. O hasta que llegan otros y se instalan, y el paisaje comienza a poblarse y a delimitarse.

Entonces parten, hacia adentro o hacia afuera, hacia un lugar sin nombres conocidos.
Carecen por completo de amor a las costumbres.

III

Hay una cultura fronteriza también, un quehacer intelectual y artístico que se produce en la periferia de las ciencias y de las artes, en los aledaños de cada dominio del saber y de la creación.
Una cultura centrífuga, aspirante a la marginalidad, aunque no a la marginación, que es a veces su consecuencia indeseable, y a la exploración de los límites, de los fecundos confines.
Sus obras llevan siempre el estigma del mestizaje, de esa ambigua identidad que les confiere un origen a menudo bastardo. Nada más ajeno a esta cultura que cualquier concepto de pureza, y lo ignora todo de la Esencia.
Es, además, apátrida y escéptica y ecléctica.
De su desprecio por los cánones le viene el ser proclive a la Insignificancia y a la desmesura.
Como, por otra parte, no pretende servir a ningún pasado, glorioso o Infame o humilde es contraria a la ley de la herencia, ni piensa contribuir a la edificación del futuro, sus obras son casi tan efímeras como la misma vida.
Ello no obsta para que en sus enclaves, en sus regiones imprecisas, ausentes de los mapas, irrumpan vocingleras las vanguardias, levanten sus tinglados los doctores académicos y acaben erigiéndose museos.
No hay por qué lamentarse demasiado. Surgen, aquí y allá, nuevas fronteras culturales. Incluso en lo que fueron antaño metrópolis del arte y de la ciencia, abandonadas hace tiempo, olvidadas acaso o mal comprendidas por los actuales mandarines, pueden abrirse parajes inusitados, remotos horizontes extranjeros.

Ocurre también que alguien descubre lindes transitables entre dominios en apariencia distantes, zonas de encuentro entre dos campos que se ignoraban mutuamente.

Así que, a la deriva, a impulsos del azar o del rigor, discurre permanentemente una cultura fronteriza, allí donde no llegan los ecos del Poder.

IV

Hay —lo ha habido siempre— un teatro fronterizo.

Íntimamente ceñido al fluir de la historia, la Historia, sin embargo, lo ha ignorado a menudo, quizá por su adhesión insobornable al presente, por su vivir de espaldas a la posteridad. También por producirse fuera de los tinglados inequívocos, de los recintos consagrados, de los compartimentos netamente serviles a sus rótulos, de las designaciones firmemente definidas por el consenso colectivo o privativo.

Teatro ignorante a veces de su nombre, desdeñoso incluso de nombre alguno.

Quehacer humano que se muestra en las parcelas más ambiguas del arte; de las artes y de los oficios. Y en las fronteras mismas del arte y de la vida.

Oficio multiforme, riesgo inútil, juego comprometido con el hombre.

Es un teatro que provoca inesperadas conjunciones o delata la estupidez de viejos cismas, pero también destruye los conjuntos armónicos, desarticula venerables síntesis y hace, de una tan sola de sus partes, el recurso total de sus maquinaciones. De ahí que con frecuencia resulte irreconocible, ente híbrido, monstruo fugaz e inofensivo, producto residual que fluye tenazmente por cauces laterales. Aunque a veces acceda a Servir una Causa, aunque provisionalmente asuma los colores de una u otra bandera, su vocación profunda no es la Idea o la Nación, sino el espacio relativo en que nacen las preguntas, la zona indefinida que nadie reivindica como propia. Una de sus metas más precisas —cuando se las plantea— sería suscitar la emergencia de pequeñas patrias nómadas, de efímeros países habitables donde la acción y el pensamiento hubieran de inventarse cada día.

Pero no es, en modo alguno, un teatro ajeno a las luchas presentes. Las hace suyas todas, y varias del pasado, y algunas del futuro. Sólo que, en las fronteras, la estrategia y las armas tienen que ser distintas.

a. ¿De qué forma aparece el concepto de frontera en la obra *¡Ay, Carmela!*? ¿Existen zonas fronterizas espaciales? ¿Y temporales?

b. ¿Qué reivindicación política de lo marginal podéis observar en la obra de Sanchis Sinisterra?

c. ¿Puedes relacionar la defensa del teatro marginado a lo largo de la Historia con la poética dramática del «conglomerado»? ¿Qué ejemplos puedes localizar en *¡Ay, Carmela!*?

4.2. *Recepción crítica: Ramiro Villapadierna, «*¡Ay, Carmela!*, de Sanchis Sinisterra: de lo grotesco, lo tierno»*

[Publicado el 8 de noviembre de 1987 en *ABC* (p. 102).]

La acción no ocurrió en Belchite en 1938, pero, como apostilla el autor, José Sanchis Sinisterra, ello es estéticamente irrelevante, porque, en *¡Ay, Carmela!*, de nuevo —como adelantó el comunicólogo McLuhan— el medio es el mensaje; y éste no es otro que el teatro, como espacio dotado de tres paredes que nos devuelven la Historia en sesiones de dos horas con entreacto y de una cuarta que ovaciona cuando destella la magia.

¡Ay, Carmela!, dirigida por José Luis Gómez, tuvo la noche del viernes su estreno absoluto en el teatro Principal de Zaragoza, que probablemente vivió una de sus noches más mágicas desde que abriera sus puertas en 1798. Y no por la asistencia de autoridades y de la mecénica Diputación que lo ha hecho posible, sino porque el público que llenaba la sala probó, en más de una ocasión, transportado inerme entre las líneas del texto, lo que supone viajar al otro lado del espejo y volver luego, trayéndose jirones del País de las Maravillas y un pedazo de una Historia de todos que pudo ser.

Puesta en escena por el Teatro de la Plaza y montada por José Luis Gómez, uno de nuestros actores y directores teatrales más internacionales, ex director del Centro Dramático Nacional y del teatro Español, la obra se ve bien y el público así lo entendió en los aplausos finales. Quizá tardó un tiempo en levantar el vuelo, y la bisagra pasado-presente y ficción-realidad chirriaba lastimeramente, pero, con el segundo acto, la gente se entregó atada de pies y manos por la sencilla brillantez de los diálogos y el humor descarnado del montaje. Éxito, por tanto, también, y ante todo, del texto de Pepe Sanchis —profesor, director y autor de una treintena de obras teatrales, la mayoría esperando estreno.

El libreto resulta rico y generoso, pese a estar escrito sólo para dos personajes, antitéticos pero simétricos en su patetismo a veces grotesco. Y los diálogos, sobre todo los diálogos, están escrupulosamente construidos en su recreada naturalidad y siempre salpicados de esa sabiduría popular que nace de mirar las cabras y andar por los caminos. Para José Luis Gómez, *¡Ay, Carmela!* refleja principalmente la grandeza del artista, de todo aquel que vive del mundo de lo sensible: «Desde un escenario, no hay ninguna diferencia entre lo que sienten unos y otros que es el arte. Carmela y Paulino, Ginger y Fred, qué más da. Desde las tablas y ante un público al que se le quiere dar todo, inevitablemente uno se convierte para sí en la más grande estrella».

No es, por tanto, una obra sobre la guerra de España, «aunque el teatro —añade el propio protagonista y director— por encima de todo nos cuenta nuestra Historia. El teatro es el mayor documentador de la Historia, desde la *Orestíada* hasta hoy. Recuerdo en Grecia, al entrar una noche en el teatro de Epidauro, que lo único que pude percibir en aquellos veinticinco mil asientos vacíos fue el curso de la Historia transmitiéndose desde el escenario, y rompí a llorar ante la presión; eso es el teatro, y en él puede ocurrir todo». Y en *¡Ay, Carmela!* bordeando la sutil línea de lo mágico ocurre casi ese todo; y los muertos no están muertos cuando la acción se reduce a un pequeño escenario vacío, que recuerda otro tristemente lleno en 1938. Carmela —la mejor Verónica Forqué de los últimos años— es la tonta de la pareja de cómicos, el pueblo llano; pero dice grandes cosas, casi sin quererlo, porque el pueblo es así. Paulino —J. L. Gómez— es más listo (lo que tampoco quiere decir nada) y por ello más cobarde. La inteligencia, aun cuando luce a tan poco voltaje, es la primera que entiende la flaqueza, si no la provoca. Pero el poder del teatro —o el peligro, como dice Sanchis— es capaz de dar la vuelta a la historia y sacar de la santa ignorancia la heroicidad.

Aun cuando parecía pequeño —«y ése ha sido mi error», dice Gómez—, el montaje ha comportado enormes dificultades técnicas: desde el decorado en poliéster, que viajará por España e Iberoamérica, hasta las luces computerizadas y el despliegue de sonido con el que cantan y bailan (notables los apuntes de «claqué» y los *Suspiros de España* de Verónica) estos dos grandes de la escena.

a. ¿Estás de acuerdo con todas las sentencias del crítico?
b. ¿Crees que es adecuada la clasificación de Paulino como listo y de Carmela como tonta?
c. ¿Puedes asegurar, como lo hace el crítico, que la guerra civil española no es un tema principal en la obra?

5. COMENTARIO DE TEXTO

Un comentario de texto no es sólo una herramienta para aprobar los exámenes; aprender a comentar bien un texto os va a servir, en el futuro, para saber desentrañar los mensajes a veces ocultos de multitud de discursos (políticos, artículos de periódico, textos literarios, etcétera).

En esta guía queremos ayudaros con un ejemplo de la obra *¡Ay, Carmela!*, pero también os vamos a proporcionar un pequeño esquema que os pueda servir para cualquier otro texto que os encontréis a lo largo de vuestra vida.

Un comentario de texto es una investigación, una estrategia de detectives. El mensaje del texto es el crimen en una novela detectivesca. Para saber quién es el asesino, el detective debe seguir todas las pistas y realizar las preguntas adecuadas. Si las respondemos correctamente, daremos con la solución final.

No obstante, debemos hacer una puntualización. El teatro es un género que no se detiene en el texto. Por lo tanto, deberemos diferenciar entre el análisis del espectáculo y el del texto teatral, algo que necesariamente lo dotará de unas particularidades que lo alejan de cualquier otro género literario.

Para analizar correctamente un espectáculo teatral, deberías atender a los siguientes aspectos:

1. la adaptación del texto escrito a la representación;
2. la escenografía: las luces, el sonido, el decorado, el utillaje, el vestuario, etcétera;
3. la dirección de la obra;
4. el trabajo actoral: la modulación de la voz, los gestos, la naturalidad de la acción, la fuerza dramática, etcétera;
5. el clímax (momento de máxima tensión dramática) del espectáculo.

En cuanto al texto, seguid el siguiente cuestionario:

1. **¿Quién escribió la obra literaria? ¿En qué año?**

a. ¿Cómo se desarrolló su vida? ¿Cómo era su país en la época en que vivió?

b. ¿Tuvo formación académica, estudios?

c. ¿Cuáles fueron sus escritores preferidos? ¿Qué obras literarias le impactaron más durante su juventud?

d. ¿Cuál es su forma de ver la literatura? ¿Cuáles son sus objetivos como escritor?

e. ¿Tiene relación con el pensamiento y la cultura de su tiempo?

f. ¿Su obra tuvo éxito? ¿Se reeditó? ¿Qué dijo la crítica? ¿Y el público?

2. ¿Cuál es el título y el argumento de la obra?

a. ¿El título es simbólico? ¿Irónico? ¿Qué relación tiene con la obra en general?

b. ¿Puedes resumir en un párrafo el argumento del texto?

c. ¿Cuáles son las ideas principales? ¿Podrías señalar un único tema, el principal, del texto?

3. ¿Cuál es la estructura del texto? ¿Sigue un orden concreto?

a. ¿Está dividida en partes definidas?

b. ¿Sigue un orden cronológico? ¿O existen alteraciones temporales (*flashback*, *flashforward*, elipsis)?

c. ¿Desde qué punto de vista se nos cuenta la historia?

4. ¿Qué personajes habitan el texto?

a. ¿Existen personajes protagonistas? ¿Quiénes son?

b. Anota los personajes secundarios, en función de su importancia.

c. ¿Observas a algún **antagonista** (enemigo del protagonista)?

d. ¿Cómo están construidos los personajes? ¿Cómo son las descripciones físicas (**prosopopeyas**) y las psicológicas (**etopeyas**)? Normalmente hallaréis estas descripciones en las **acotaciones teatrales**.

e. ¿Pueden ser personajes simbólicos? ¿Qué representan?

5. ¿Cómo son el espacio y el tiempo en la obra?

a. ¿Está ambientada en un lugar real o imaginario?

b. ¿Las descripciones de los espacios (acotaciones o diálogo) son detalladas o superficiales?

c. ¿Observáis un trabajo importante en el reflejo de la época histórica en la obra?

6. ¿Cómo es la obra desde el punto de vista formal?

a. ¿Qué registro de lenguaje utilizan los personajes?

b. ¿Constituyen las acotaciones una mera nota descriptiva o tienen un valor literario específico?

7. ¿A qué conclusión puedes llegar?

a. Resume el resultado de tus pesquisas.

b. ¿Cuál era la intención del escritor al ponerse a escribir el texto?

c. ¿Qué mensaje quiere transmitirnos?

d. ¿Qué valores morales o ideológicos se encarnan en la obra o en los personajes?

e. ¿Tiene actualidad esta obra, podemos identificarnos con ella?

5.1. *Comentemos* ¡Ay, Carmela!

CARMELA.—Y tú, no te lo tomes a mal, pero siempre has sido un cagón.

PAULINO.—Carmela, por Dios, yo...

CARMELA.—Un cagón, Paulino. Las cosas como son. En la escena, un ángel; en la cama, un demonio... Pero, en todo lo demás, un cagón. ¿O no?

PAULINO.—Mujer, yo...

CARMELA.—Acuérdate en Oviedo, sin ir más lejos, con el fulano aquel de la sala de fiestas... ¿Cómo se llamaba?

PAULINO.—Don Saturnino.

CARMELA.—Eso: don Saturnino...

PAULINO.—¡Menudo pájaro! ¡No me lo recuerdes! Misa diaria, concejal, ocho hijos..., uno de ellos mongólico y otro canónigo de la catedral..., y él, por las noches, gerente del peor tugurio del norte de España... No me lo recuerdes.

CARMELA.—Te lo recuerdo sólo para que recuerdes lo valiente que eres.

PAULINO.—¿Yo?

CARMELA.—Sí, tú. Que ahora, mucho despotricar contra él, pero entonces casi me lo metes en la cama.

PAULINO.—¿Cómo puedes decir eso, Carmela?

CARMELA.—Pues, ya ves: lo digo.

PAULINO.—Eres injusta conmigo. Yo sólo te pedía que le pusieras buena cara para que no nos despidiera. Porque yo, con mi afonía, estaba en muy baja forma.

CARMELA.—¿Y por eso no abrías la boca cuando te gritaba y te insultaba delante de todo el mundo?

PAULINO.—Ya sabes que estaba afónico y casi no podía ni hablar.

CARMELA.—Afónico, sí... Eso es lo que te pasa: que te quedas afónico en cuanto hay que pelear por algo.

Sanchis Sinisterra estrena esta obra a finales de los años ochenta, doce años después de la reinstauración del sistema democrático en España, como un brillante alegato a favor de la recuperación de la memoria histórica de los acontecimientos ocurridos durante la guerra civil y durante el franquismo, y como una denuncia del olvido en el que parecía haberse sumido la sociedad española del último tercio del siglo XX.

A ese objetivo se encamina la configuración psicológica de los dos personajes protagonistas, Paulino y Carmela, así como la de la trama de uno de los núcleos de acción de la obra: la representación de la Velada Artística, Patriótica y Recreativa en el Belchite recién conquistado por las tropas sublevadas.

El fragmento señalado corresponde al primer acto de la obra, si bien se sitúa en la línea temporal del pasado. Aquí, Carmela todavía está viva y ambos están realizando los preparativos, rápidamente y sin medios, para la representación teatral. Que se dé el teatro dentro del teatro nos instala en una interpretación metateatral de *¡Ay, Carmela!*, una obra sobre el teatro en plena guerra civil española que se convierte, a la vez, en una defensa de la función social del teatro: la de provocar la reflexión, aun en tiempos difíciles.

Este texto es paradigmático, en tanto que nos ofrece información privilegiada para comprender la psicología de los dos personajes protagonistas. La espontaneidad verbal de Carmela se erige frente al mayor cuidado que pone Paulino, y este binomio se articula en paralelo junto a otras construcciones bimembres: la naturalidad de Carmela frente a la falsedad de Paulino; el valor de la mujer frente a la cobardía del hombre; la dignidad frente a la vergüenza.

Así, Carmela llama en el texto «cagón» a Paulino, un vulgarismo que, además, conecta con el «don divino» del que Paulino tanto se avergüenza: su número musical de pedos. Y, para justificarse, aporta una anécdota que pertenece a la prehistoria común de los dos personajes: Paulino prácticamente prostituye a su mujer para doblegarse ante la actitud tiránica de un cacique de pueblo, don Saturnino, que podía dejarles sin trabajo. Con todo, esta anécdota no sólo nos revela el carácter servil y cobarde del protagonista masculino, sino que le sirve al escritor para realizar alusiones a la sociedad de la época. En este caso, un dardo envenenado hacia la doble moral de la clase media, media-alta del país, encarnada en don Saturnino, católico practicante de día y propietario de un local de alterne por la noche. Asimismo, existe una evidente crítica de la institución del caciquismo (que el *DRAE* define como la «intromisión abusiva de una persona o una autoridad en determinados asuntos, valiéndose de su poder o influencia»), muy común en España y que las instituciones republicanas lucharon por eliminar, pues pervertía el sistema democrático del país alterando la intención de voto de las personas que se hallaban bajo su radio de influencia (por ejemplo, un propietario de una fábrica podía coartar a sus trabajadores para que votaran lo que él les sugiriera).

La frase final de Carmela («te quedas afónico en cuanto hay que pelear por algo») se convierte, claramente, en un vaticinio de lo que va a suceder al final de la Velada. Cuando, en el número de humillación de la bandera republicana, los condenados a muerte (prisioneros republicanos de las Brigadas Internacionales) entonan la canción *El paso del Ebro*, Paulino se queda «afónico», cómplice de las tropas franquistas, y Carmela enarbola su voz para unirse en solidaridad con los condenados. Su generosidad y su valor harán que comparta su triste suerte.

BIBLIOGRAFÍA

AZNAR SOLER, M. (ed.), *¡Ay, Carmela!*, de José Sanchis Sinisterra, Madrid, Cátedra, 2001.

—, «*¡Ay, Carmela!*: José Sanchis Sinisterra», *Quimera: Revista de Literatura*, n.º 255-256, 2005, p. 51.

MONLEÓN, J., «Entrevista con Sanchis», *Primer Acto*, n.º 186, octubre-noviembre 1980, p. 93-95.

SANCHIS SINISTERRA, J., «El Teatro Fronterizo. Planteamientos. Trayectorias», *Primer Acto*, n.º 186, octubre-noviembre 1980, p. 96-107.

—, «Poética y teatro», Fundación Juan March, Madrid, 2009. Disponible en: <http://www.march.es/conferencias/anteriores/voz.aspx?p1=22563&l=1>.

NOTA EDITORIAL

Esta edición de *¡Ay, Carmela!* sigue el texto de la última revisada cuidadosamente por el autor y publicada en la colección Austral Contemporánea en octubre de 2011.

Se ha optado por no anotar el texto, como es habitual en la colección Austral Educación, y ofrecer, en las *Propuestas de trabajo*, alternativas que impliquen activamente a los alumnos en la búsqueda tanto del significado de determinadas palabras como en la localización e identificación de personajes y acontecimientos históricos o culturales que aparecen en el texto.

AUSTRAL